KB220956

공부가 되는

한국대표 단편 1

공부가 되는

한국대표단편 1

초판 1쇄 발행 2011년 12월 12일
초판 2쇄 발행 2017년 2월 1일

지음 박완서 외
엮음 글공작소

책임편집 윤소라
책임디자인 오세라

펴낸이 이상순
주 간 서인찬
편집장 박윤주
기획편집 한나비, 김한솔
디자인 유영준, 이민정
마케팅 홍보 이상광, 이병구, 김수현, 오은애

펴낸곳 (주)도서출판 아름다운사람들
주소 (413-756) 경기도 파주시 교하읍 문발리 파주출판문화정보단지 534-2
대표전화 (031)955-1001 **팩스** (031)955-1083
이메일 books777@naver.com
홈페이지 www.books114.net

ISBN 978-89-6513-122-9 63810
ISBN 978-89-6513-125-0 (세트)

공부가 되는 한국대표 단편 1

지음 박완서 외 | **엮음** 글공작소 | **추천** 정명순 (대송초등학교 교사)

아름다운사람들

공부가 되는 한국대표단편 1

아이들이 『공부가 되는 한국대표단편』을 읽으면 좋은 이유

1 위대한 문학이 위대한 사람을 만든다

역사적으로 위대한 성인이나 세상을 바꾼 리더들은 늘 문학을 가까이하며 아꼈습니다. 스티브 잡스는 셰익스피어 책을 끼고 살았고 아인슈타인은 당대의 위대한 문인들과 교류하였으며 간디는 톨스토이를 존경했고 자신의 고민을 그와 편지로 나누기도 했습니다. 그래서 그들은 엔지니어에서 세상을 바꾼 사람으로, 단순한 과학자에서 평화를 지키는 과학자로, 변호사에서 세계의 성인으로 다시 태어날 수 있었습니다.

문학은 사람을 이해하고 사랑하게 하는 영혼의 양식과도 같습니다. 왜냐하면 우리는 문학을 통해 우리가 경험할 수 없는 다양한 계층과 인종, 다양한 생각과 삶의 방식을 만날 수 있기 때문입니다. 이처럼 나와 다른 삶과 생각을 만남으로써 우리는 인간에 대한 이해와 배려, 사람에 대한 통찰력을 기를 수 있습니다.

2 한국 문학의 백미, 한국대표단편

『공부가 되는 한국대표단편』은 우리 아이들이 중·고등학교의 학과 수업이나 교과서를 통해 반드시 배우게 되는 문학 작품뿐 아니라 근현대를 거쳐 한국을 대표한다고 할 수 있는 가장 빼어난 문학 작품을 선별하여 실었습니다. 이 작품들이 한국의 대표단편이라고 불릴 수 있는 것은 빼어난 문학적 완성도와 함께 한국적 한과 정서를 가장 잘 담고 있기 때문입니다. 그렇기에 한국대표단편은 현재의 우리를 제대로 돌아보고 새로이 만나게 하는 또 다른 거울과도 같은 역할을 합니다.

3 감동과 여운 그리고 인간의 존엄성

여섯 살 소녀의 눈으로 어머니의 애틋한 사랑과 마음을 그려 낸 주요한의 「사랑손님과 어머니」, 소금을 뿌린 듯한 메밀밭의 풍경과 한이 담긴 인물의 이야기를 낭만적으로 그려 낸 이효석의 「메밀꽃 필 무렵」 그리고 한 편의 수채화를 보는 듯한 소년, 소녀의 순수한 사랑이 담긴 「소나기」 등은 문학의 참 묘미와 감동을 우리에게 전해 줍니다. 그것은 우리 문학이 서양의 문학처럼 화려하게 채워서 가슴 벅차기보다는 뒤돌아서서 가슴 가득 무언가 스며들게 하는 특유의 여운을 남기기 때문입니다. 또한 소박하고 투박하고 어설픈 인간들의 좌충우돌 속에 묵묵히 삶을 살아 내는 인간의 아름다운 존엄성이 배여 있기 때문입니다.

4 공부의 즐거움을 깨치는 〈공부가 되는〉 시리즈

〈공부가 되는〉 시리즈는 공부라면 지겹게만 여기는 우리 아이들에게 공부의 즐거움을 깨쳐 주면서 아울러 궁금한 것이 많은 우리 아이들의 지적 호기심을 동시에 해결해 주는 시리즈입니다. 공부의 맛과 재미는 탄탄한 기초 교양의 주춧돌 위에 세워질 때 그 효과가 배가됩니다. 그리고 그 기초 교양은 우리 아이들이 학습에서 자기 주도적 능력을 이끌어 내는 데 큰 밑거름이 됩니다. 『공부가 되는 한국대표단편』은 예술성 높은 우리 문학의 감동과 위대함을 고스란히 전달하면서 우리 아이들의 감성과 인간과 세계에 대한 통찰력을 동시에 높여 줄 것입니다. 부디 우리 아이들이 이 책을 통해 우리 문학과 문화 그리고 무궁무진한 상상력과 사고력을 함께 배양하기를 바랍니다.

봄봄

김유정

"점순이는 뭐 그리 썩 이쁜 계집애는 못 된다.

그렇다구 또 개떡이냐 하면 그런 것도 아니고,

꼭 내 안해가 돼야 할 만치 그저 툽툽하게 생긴 얼굴이다.

나보다 10년이 아래니까 올해 열여섯인데 몸은 남보다 두 살이나 덜 자랐다.

남은 잘도 훤칠히들 크건만 이건 위아래가 몽톡한 것이

내 눈에는 헐없이 감참외 같다."

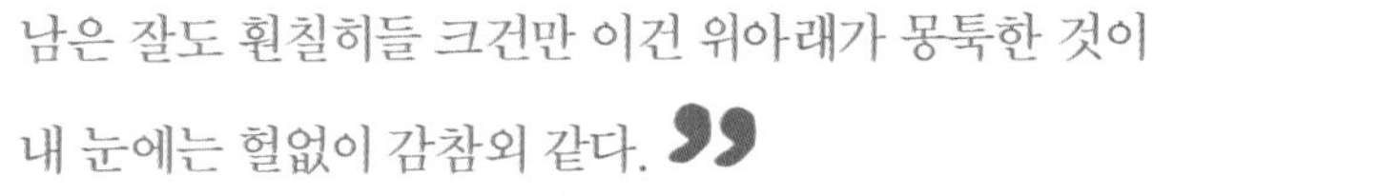

"장인님! 인제 저……."

내가 이렇게 뒤통수를 긁고 나이가 찼으니 성례[•]를 시켜 줘야 하지 않겠느냐고 하면 대답이 늘,

"이 자식아! 성례구 머구 미처 자라야지!"

하고 만다.

이 자라야 한다는 것은 내가 아니라 장차 내 안해가 될 점순이의 키 말이다.

재가 여기에 와서 돈 한 푼 안 받고 일하기를 3년하고 꼬바기 일곱 달 동안을 했다. 그런데도 미처 못 자랐다니까 이 키는 언제야 자라는 겐지 짜장[•] 영문 모른다. 일을 좀 더 잘해야 한다든지, 혹은 밥을 많이 먹는다고 노상 걱정이니까 좀 덜 먹어야 한다든지 하면 나도 얼마든지 할 말이 많다. 허지만 점순이가 안직 어리니까 더 자라야 한다는 여기에는 어째 볼 수 없이 고만 빙빙하고 만다.

이래서 나는 애최 계약이 잘못된 걸 알았다. 이태[•]면 이태, 3년이면 3년, 기한을 딱 작정하고 일을 해야 원 할 것이다. 덮어놓고 딸이 자라는 대로 성례를 시켜 주마, 했으니 누가 늘

성례 … 결혼 예식을 올림.

짜장 … 과연 정말로.

이태 … 두 해.

지키고 섰는 것도 아니고, 그 키가 언제 자라는지 알 수 있는가. 그리고 난 사람의 키가 무럭무럭 자라는 줄만 알았지 붙배기• 키에 모로만 벌어지는 몸도 있는 것을 누가 알았으랴. 때가 되면 장인님이 어련하랴 싶어서 군소리 없이 꾸벅꾸벅 일만 해왔다. 그럼 말이다, 장인님이 제가 다 알아채려서,

'어참, 너 일 많이 했다. 고만 장가들어라.'

하고 살림도 내주고 해야 나도 좋을 것이 아니냐. 시치미를 딱 떼고 도리어 그런 소리가 나올까 봐서 지레 펄펄 뛰고 이야단이다. 명색이 좋아 데릴사위•지 일하기에 싱겁기도 할 뿐더러 이건 참 아무것도 아니다.

숙맥이 그걸 모르고 점순이의 키 자라기만 까맣게 기다리지 않았나.

언젠가는 하도 갑갑해서 자를 가지고 덤벼들어서 그 키를 한번 재 볼까 했다마는 우리는 장인님이 내외•를 해야 한다고 해서 마주 서 이야기도 한마디 하는 법 없다. 우물길에서 언제나 마주칠 적이면 겨우 눈어림으로 재 보고 하는 것인데 그럴 적마다 나는 저만침 가서

"제에미 키두!"

하고 논둑에다 침을 퉤, 뱉는다. 아무리 잘 봐야 내 겨드랑

붙배기 … 붙박이. 어느 한 자리에 정한 대로 박혀 있어 움직임이 없는 상태.

데릴사위 … 처가에서 데리고 사는 사위.

내외 … 남녀 사이에 서로 얼굴을 마주 대하지 않고 피함.

(다른 사람보다 좀 크긴 하지만) 밑에서 넘을락 말락 밤낮 요 모양이다.

개돼지는 푹푹 크는데 왜 이리도 사람은 안 크는지, 한동안 머리가 아프도록 궁리도 해 보았다. 아하, 물동이를 자꾸 이니까 뼈다귀가 옴츠러드나 보다, 하고 내가 넌즛넌즈시 그 물을 대신 길어도 주었다. 뿐만 아니라 나무를 하러 가면 서낭당에 돌을 올려놓고,

"점순이의 키 좀 크게 해 줍소사. 그러면 담엔 떡 갖다 놓고 고사 드립죠니까."

하고 치성도 한두 번 드린 것이 아니다. 어떻게 돼먹은 킨지 이래도 막무가내니—. 그래 내 어저께 싸운 것이지 결코 장인님이 밉다든가 해서가 아니다.

모를 붓다가 가만히 생각을 해 보니까 또 싱겁다. 이 벼가 자라서 점순이가 먹고 좀 큰다면 모르지만 그렇지도 못한 걸 내 심어서 뭘 하는 거냐, 해마다 앞으로 축 불거지는 장인님의 아랫배(너무 먹는 걸 모르고 냇병이라나, 그 배)를 불리기

김유정

김유정은 1908년 강원도 춘천에서 태어나 1935년부터 문학 활동을 시작하였어요. 그리고 그해 당대 문단의 중심 단체였던 구인회에 참여하여 소설가 이상 등과 사귀었어요. 그렇지만 그는 1937년, 작품 활동을 시작한 지 2년여 만에 스물아홉 살이라는 젊은 나이에 결핵과 늑막염으로 세상을 떠나고 말았어요. 그가 남긴 소설은 30여 편으로, 대부분 당시 농촌의 생생한 모습을 우리만의 전통적인 언어로 표현했어요. 「봄봄」 외의 대표작으로 「금 따는 콩밭」과 「따라지」 등이 있어요.

위하여 심곤 조금도 싶지 않다.

"아이구 배야!"

난 몰 붓다 말고 배를 쓰다듬으면서 그대루 논둑으로 기어 올랐다. 그리고 겨드랑에 꼈던 벼 담긴 키를 그냥 땅바닥에 털썩 떨어치며 나도 털썩 주저앉았다. 일이 암만 바빠도 나 배 아프면 고만이니까. 아픈 사람이 누가 일을 하느냐. 파릇 파릇 돋아 오른 풀 한 숲을 뜯어 들고 다리의 거머리를 쓱쓱 문대며 장인님의 얼굴을 쳐다보았다.

논 가운데서 장인님도 이상한 눈을 해 가지고 한참 날 노려보더니,

"넌 이 자식, 왜 또 이래 응?"

"배가 좀 아파서유!"

하고 풀 위에 슬며시 쓰러지니까 장인님은 약이 올랐다. 저도 논에서 철벙철벙 둑으로 올라오더니 잡은 참 내 멱살을 움켜잡고 뺨을 치는 것이 아닌가—.

"이 자식아, 일허다 말면 누굴 망해 놀 속셈이냐. 이 대가릴 까 놀 자식!"

우리 장인님은 약이 오르면 이렇게 손버릇이 아주 못됐다. 또 사위에게 이 자식 저 자식 하는 이놈의 장인님은 어디 있느냐. 오죽해야 우리 동리에서 누굴 막론하고 그에게 욕을 안 먹은 사람은 명이 짜르다 한다. 조그만 아이들까지도 그를 돌아세 놓고 욕필이(본명이 봉필이니까) 욕필이, 하고 손가락질을 할 만치 두루 인심을 잃었다. 허나 인심을 정말 잃었다면 욕보다 읍의 배 참봉 댁 마름으로 더 잃었다. 번이 마름이란 욕 잘하고, 사람 잘 치고, 그리고 생김 생기길 호박개• 같애야 쓰는 거지만 장인님은 외양이 똑 됐다. 장인에게 닭 마리나 좀 보내지 않는다든가 애벌논 때 품을 좀 안 준다든가 하면 그해 가을에는 영락없이 땅이 뚝뚝 떨어진다. 그러면 미리부터 돈도 먹이고 술도 먹이고 안달재신•으로 돌아치던 놈이 그 땅을 슬쩍 돌아 안는다. 이 바람에 장인님 집 외양간에는 눈깔 커다란 황소 한 놈이 절로 엉금엉금 기어들고, 동리 사람들은 그 욕을 다 먹어 가면서도 그래도 굽실굽실하는 게 아닌가—.

그러나 내겐 장인님이 감히 큰소리할 계제가 못 된다.

뒷생각은 못하고 뺨 한 대를 딱 때려 놓고는 장인님은 무색해서 덤덤히 쓴 침만 삼킨다. 난 그 속을 퍽 잘 안다.

조금 있으면 갈도 꺾어야 하고 모도 내야 하고, 한참 바쁜 때인데 나 일 안하고 우리 집으로 그냥 가면 고만이니까.

호박개 … 뼈대가 굵고 털이 북슬북슬한 개.

안달재신 … 몹시 속을 태우며 여기저기로 다니는 사람.

작년 이맘때도 트집을 좀 하니까 늦잠 잔다구 돌멩이를 집어 던져서 자는 놈의 발목을 삐게 해 놨다. 사날씩이나 건승 끙끙, 앓았더니 종당에는 거반 울상이 되지 않았는가—.

"얘, 그만 일어나 일 좀 해라, 그래야 올 갈에 벼 잘되면 너 장가들지 않니."

그래 귀가 번쩍 띄어서 그날로 일어나서 남이 이틀 품 들일 논을 혼자 삶아 놓으니까 장인님도 눈깔이 커다랗게 놀랐다. 그럼 정말로 가을에 와서 혼인을 시켜 줘야 온 경우가 옳지 않겠나, 볏섬을 척척 들여쌓아도 다른 소리는 없고 물동이를 이고 들어오는 점순이를 담배통으로 가리키며,

"이 자식아 미처 커야지 조걸 무슨 혼인을 한다구 그러니 원!"

하고 남 낯짝만 붉혀 주고 고만이다.

골김•에 그저 이놈의 장인님, 하고 댓돌에다 메꼰코 우리 고향으로 내뺄까 하다가 꾹꾹 참고 말았다.

참말이지 난 이 꼴 하고는 집으로 차마 못 간다. 장가를 들러 갔다가 오죽 못났어야 그대로 쫓겨 왔느냐고 손가락질을 받을 테니까—.

논둑에서 벌떡 일어나 한풀 죽은 장인님 앞으로 다가서며,

골김 … 비위에 거슬리거나 마음이 언짢아서 성이 나는 김.

"난 갈 테야유, 그동안 사경● 쳐 내슈."

"너 사위로 왔지 어디 머슴 살러 왔니?"

"그러면 얼찐● 성례를 해 줘야 안 하지유. 밤낮 부려만 먹구 해 준다, 해 준다……."

"글쎄, 내가 안하는 거냐, 그 년이 안 크니까."

하고, 어름어름 담배만 담으면서 늘 하는 소리를 또 늘어놓는다.

이렇게 따져 나가면 언제든지 늘 나만 밑지고 만다. 이번엔 안 된다, 하고 대뜸 구장님한테로 판단 가자고 소맷자락을 내끌었다.

"아, 이 자식이 왜 이래 어른을."

안 간다고 뻗디디고 이렇게 호령은 제 맘대로 하지만 장인님 제가 내 기운은 못 당한다. 막 부려먹고 딸은 안 주고, 게다 땅땅 치는 건 다 뭐야—.

그러나 내 사실 참 장인님이 미워서 그런 것은 아니다. 그 전날, 왜 내가 새고개 맞은 봉우리 화전밭을 혼자 갈고 있지 않았느냐. 밭 가생이로 돌 적마다 야릇한 꽃내가 물컥물컥 코를 찌르고 머리 위에서 벌들은 가끔 붕, 붕, 소리를 친다. 바위틈에서 샘물 소리밖에 안 들리는 산골짜기니까 맑은 하늘의

사경 … 새경. 머슴이 주인에게서 한 해 동안 일한 대가로 받는 돈이나 물건.

얼찐 … 얼른. 속히. 빨리.

봄볕은 이불 속같이 따스하고 꼭 꿈꾸는 것 같다. 나는 몸이 나른하고(몸살은 아직 모르지만) 병이 나려구 그러는지 가슴이 울렁울렁하고 이랬다.

“어러이! 말이! 맘 마 마…….”

이렇게 노래를 하며 소를 부리면 여느 때 같으면 어깨가 으쓱으쓱한다. 웬일인지 밭을 반도 갈지 않아서 온몸이 맥이 풀리고 대구• 짜증만 난다. 공연히 소만 들입다 두들기며—

“안야! 안야! 이 망할 자식의 소(장인님의 소니까) 대리를 꺾어 들라.”

그러나 내 속은 정말 안야 때문이 아니라 점심을 이고 온 점순이의 키를 보고 울화가 났던 것이다.

점순이는 뭐 그리 썩 이쁜 계집애는 못 된다. 그렇다구 또 개떡이냐 하면 그런 것도 아니고, 꼭 내 안해가 돼야 할 만치 그저 툡툡하게• 생긴 얼굴이다. 나보다 10년이 아래니까 올해 열여섯인데 몸은 남보다 두 살이나 덜 자랐다. 남은 잘도 훤칠히들 크건만 이건 위아래가 몽툭한 것이 내 눈에는 헐없이 감참외 같다. 참외 중에는 감참외가 제일 맛좋고 이쁘니까 말이다. 둥글고 커단 눈은 서글서글하니 좋고 좀 지쳐 찢어졌지만 입은 밥술이나 톡톡히 먹음직하니 좋다. 아따, 밥만 많

대구 … 대고. 무리하게 자꾸. 계속하여 자꾸.

툡툡하다 … 생김새가 멋이 없고 투박하다.

이 먹게 되면 팔자는 고만 아니냐. 헌데 한 가지 파가 있다면 가끔가다 몸이(장인님은 이걸 채신이 없이 들까분다•고 하지만) 너무 빨리빨리 논다. 그래서 밥을 나르다가 때 없이 풀밭에서 깨빡•을 쳐서 흙투성이 밥을 곧잘 먹인다. 안 먹으면 무안해할까 봐서 이걸 씹고 앉았노라면 으적으적 소리만 나고 돌을 먹는 겐지 밥을 먹는 겐지—.

그러나 이날은 웬일인지 성한 밥 채루 밭머리에 곱게 내려놓았다. 그리고 또 내외를 해야 하니까 저만큼 떨어져 이쪽으로 등을 향하고 웅크리고 앉아서 그릇 나기를 기다린다.

내가 다 먹고 물러섰을 때, 그릇을 와서 챙기는데 난 깜짝 놀라지 않았느냐. 고개를 푹 숙이고 밥함지에 그릇을 포개면서 날더러 들으라는지, 혹은 제 소린지,

"밤낮 일만 하다 말 텐가!"

하고 혼자서 쫑알거린다. 고대• 잘 내외하다가 이게 무슨 소린가, 하고 난 정신이 얼떨떨했다. 그러면서도 한편 무슨 좋은 수나 없는가 싶어서 나도 공중을 대고 혼잣말로,

"그럼 어떻게?"

하니까,

"성례시켜 달라지 뭘 어떻게……."

들까불다 … 몹시 경망하게 행동하다.

깨빡 … 깻박. 그릇 따위를 떨어뜨려 속에 있던 것이 산산이 흩어지게 만들다.

고대 … 이제 막. 바로 곧.

아홉 명의 문학 단체, 구인회

1933년 만들어진 구인회는 문학 자체의 예술적 가치를 추구하는 사람들이 모여 만든 친목 문학 단체였어요. '구인회'라는 이름은 회원이 아홉 명이기 때문에 정한 이름으로 회원이 탈퇴할 때만 새로운 회원을 받았기 때문에 회원은 항상 아홉 명이었어요. 시인 김기림과 정지용, 소설가 이태준, 이무영 등이 대표적인 회원이고, 몇 번 회원이 바뀌어 김유정도 구인회에 참여하였어요. 그리고 1930년대 후반 해체되었지만 구인회는 우리나라의 문학의 질을 한 단계 높인 것으로 평가받고 있어요.

하고 되알지게 쏘아붙이고 얼굴이 빨개져서 산으로 그저 도망질친다.

나는 잠시 동안 어떻게 되는 심판인지 맥을 몰라서 그 뒷모양만 덤덤히 바라보았다.

봄이 되면 온갖 초목이 물이 오르고 싹이 트고 한다. 사람도 아마 그런가 보다, 하고 며칠 내에 부쩍(속으로) 자란 듯싶은 점순이가 여간 반가운 것이 아니다. 이런 걸 멀쩡하게 안직 어리다구 하니까—.

우리가 구장님을 찾아갔을 때 그는 싸리문 밖에 있는 돼지우리에서 죽을 퍼 주고 있었다. 서울엘 좀 갔다 오더니 사람은 점잖아야 한다구 옷쉼이(얼른 보면 지붕 위에 앉은 제비 꼬랑지 같다) 양쪽으로 뾰족이 뻐치고 그걸 에헴, 하고 늘 쓰담는 손버릇이 있다.

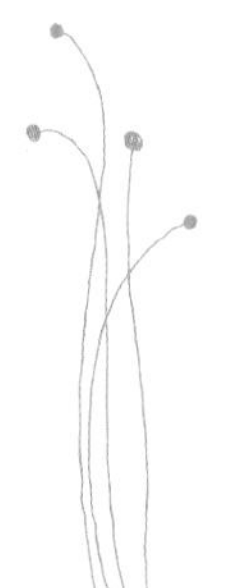

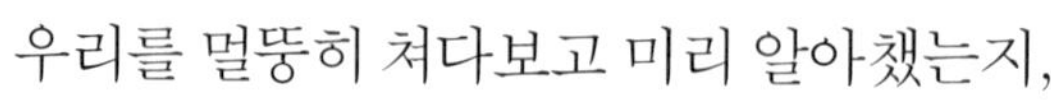

우리를 멀뚱히 쳐다보고 미리 알아챘는지,

"왜 일들 허다 말구 그래?"

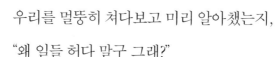

하더니 손을 올려서 그 에헴을 한번 후딱 했다.

"구장님! 우리 장인님과 츰에 계약하기를―."

먼저 덤비는 장인님을 뒤로 떠다밀고 내가 허둥지둥 달려들다가 가만히 생각하고,

"아니 우리 빙장[•]님과 츰에."

하고 첫 번부터 다시 말을 고쳤다. 장인님은 빙장님, 해야 좋아하고 밖에 나와서 장인님, 하면 괜스리 골을 내려고 든다. 뱀두 뱀이래야 좋으냐구 창피스러우니 남 듣는 데는 제발 빙장님, 빙모님 하라구 일상 당조심을 받아 오면서 난 그것도 자꾸 잊는다.

당장두 장인님, 하다 옆에서 내 발등을 꾹 밟고 곁눈질을 흘기는 바람에야 겨우 알았지만―.

구장님도 내 이야기를 자세히 듣더니 퍽 딱한 모양이었다. 하기야 구장님뿐만 아니라 누구든지 다 그럴 게다.

길게 길러 둔 새끼손톱으로 코를 후벼서 저리 탁 튀기며,

"그럼, 봉필 씨! 얼른 성례를 시켜 주구려, 그렇게까지 제가 하구 싶다는 걸……."

하고 내 짐작대로 말했다. 그러나 이 말에 장인님이 삿대질로 눈을 부라리고,

빙장 … '장인'의 높임말.

"아 성례구 뭐구 계집애년이 미처 자라야 할 게 아닌가?"

하니까 고만 멀쑤룩해서 입맛만 쩍쩍 다실 뿐이 아닌가.

"그것두 그래!"

"그래, 거진 사 년 동안에도 안 자랐다니 그 킨 은제 자라지유? 다 그만두구 사경 내슈……."

"글쎄, 이 자식아! 내가 크질 말라구 그랬니, 왜 날보구 떼냐?"

"빙모님은 참새만 한 것이 그럼 어떻게 앨 낳지유?(사실 장모님은 점순이보다도 귓배기가 작다.)"

장인님은 이 말을 듣고 껄껄 웃더니(그러나 암만해두 돌 씹은 상이다.) 코를 푸는 척하고 날 은근히 곯리려고 팔꿈치로 옆 갈비께를 퍽 치는 것이다.

더럽다. 나두 종아리의 파리를 쫓는 척하고 허리를 구부리며 그 궁둥이를 콱 떼밀었다. 장인님은 앞으로 우찔근하고 싸리문께로 쓰러질 듯하다 몸을 바로 고치더니 눈총을 몹시 쏘았다. 이런 쌍년의 자식, 하고 싶으나 남의 앞이라니 차마 못하고 섰는 그 꼴이 보기에 퍽 쟁그러웠다•.

그러나 이밖에는 별반 신통한 귀정•을 얻지 못하고 도로 논으로 돌아와서 모를 부었다. 왜냐면 장인님이 뭐라구 귓속

쟁그럽다 … 하는 행동이 괴상하여 얄밉다.

귀정 … 그릇되었던 일이 바른길로 돌아옴.

말로 수군수군하고 간 뒤다. 구장님이 날 위해서 조용히 데리고 아래와 같이 일러 주었기 때문이다. (뭉태의 말은 구장님이 장인님에게 땅 두 마지기 얻어 부치니까 그래 꾀였다고 하지만 난 그렇게 생각지 않는다.)

"자네 말도 하기야 옳지, 암 나이 찼으니까 아들이 급하다는 게 잘못된 말은 아니야. 허지만 농사가 한창 바쁜 때 일을 안 한다든가 집으로 달아난다든가 하면 손해죄루 그것두 징역을 가거든!(여기에 그만 정신이 번쩍 났다.) 왜 요전에 삼포말서 산에 불 좀 놓았다구 징역 간 거 못 봤나. 제 산에 불을 놓아도 징역을 가는 이땐데 남의 농사를 버려두니 죄가 얼마나 더 중한가. 그리고 자넨 정장●을(사경 받으러 정장 가겠다 했다.) 간대지만 그러면 괜시리 죄를 들쓰고 들어가는 걸쎄. 또 결혼두 그렇지. 법률에 성년이란 게 있는데 스물하나가 돼야지 비로소 결혼을 할 수가 있는 걸쎄. 자넨 물론 아들이 늦을 걸 염려하지만 점순이루 말하면 이제 겨우 열여섯이 아닌가. 그렇지만 아까 빙장님의 말씀이 올 갈에는 열 일을 제치고라두 성례를 시켜 주겠다 하시니 좀 고마울 겐가. 빨리 가서 모 붓든 거나 마주 붓게, 군소리 말구 어서 가."

그래서 오늘 아침까지 끽소리 없이 왔다.

정장 … 소송을 제기하기 위하여 서류를 관청에 냄.

장인님과 내가 싸운 것은 지금 생각하면 전혀 뜻밖의 일이라 안 할 수 없다.

장인님으로 말하면 요즈막 작인•들에게 행세를 좀 하고 싶다고 해서,

"돈 있으면 양반이지 별게 있느냐!"

하고 일부러 아랫배를 쑥 내밀고 걸음도 뒤틀리게 걷고 하는 이판이다. 이까진 나쯤 두들기다 남의 땅을 가지고 모처럼 닦아 놓았던 가문을 망친다든가 할 어른이 아니다. 또 나로 논지면 아무쪼록 잘 봬서 점순이에게 얼른 장가를 들어야 하지 않느냐—.

이렇게 말하자면 결국 어젯밤 뭉태네 집에 마슬• 간 것이 썩 나빴다. 낮에 구장님 앞에서 장인님과 내가 싸운 것을 어떻게 알았는지 대구 빈정거리는 것이 아닌가.

"그래 맞구두 그걸 가만둬?"

"그럼 어떡허니?"

"임마, 봉필일 모판에다 거꾸로 박아 놓지 뭘 어떡해?"

하고 괜히 내 대신 화를 내 가지고 주먹질을 하다 등잔까지 쳤다. 놈이 번히 괄괄•은 하지만 그래 놓고 날더러 석유값을 물라구 막 찌다우•를 붙는다. 난 어안이 벙벙해서 잠자코 앉

작인 … 다른 사람의 농지를 빌려 농사를 짓고 그 대가로 사용료를 지급하는 사람.

마슬 … 마실. 이웃에 놀러 다니는 일.

괄괄 … 성질이 세고 급함.

찌다우 … '억지떼를 쓰다'의 속어.

았으니까 저만 연신 지껄이는 소리가,

"밤낮 일만 해 주구 있을 테냐?"

"영득이는 1년을 살구두 장갈 들었는데 넌 4년이나 살구두 더 살아야 해?"

"네가 세 번째 사윈 줄이나 아니? 세 번째 사위."

"남의 일이라두 분하다. 이 자식아, 우물에 가 빠져 죽어."

나중에는 겨우 손톱으로 목을 따라고까지 하고, 제 아들같이 함부로 훅닥이었다●. 별의별 소리를 다 해서 그대로 옮길 수는 없으나 그 줄거리는 이렇다—.

우리 장인님 딸이 셋이 있는데 맏딸은 재작년 가을에 시집을 갔다. 정말은 시집을 간 것이 아니라 그 딸도 데릴사위를 해 가지고 있다가 내보냈다. 그런데 딸이 열 살 때부터 열아홉 즉 10년 동안에 데릴사위를 갈아들이기를, 동리에선 사위 부자라고 이름이 났지마는 열 놈이란

현대 소설이란?

개화기 이전의 소설을 고대소설, 개화기 이후부터 1917년 이광수의 『무정』이 발표되기 전까지의 소설을 신소설이라고 해요. 다시 말하면, 이광수의 『무정』이 신소설과 현대 소설을 구분하는 기준이 돼요. 이광수의 『무정』부터 우리나라의 현대 소설의 형식이 바뀌기 시작했기 때문이에요. 예전에는 실제로 쓰는 말과 그 말을 적은 글의 형식이 달랐는데, 현대 소설에는 이들이 같아지는 언문일치가 이루어졌어요. 또한 주제가 교훈적, 계몽적인 것에서 벗어나 다양해졌고, 서양 문학의 다양한 기법이 도입되어 구성도 변화하였어요.

훅닥이다 … 공연한 말로 꼴사납게 지껄이다. 세차게 다그치고 들볶다.

참 너무 많다. 장인님이 아들은 없고 딸만 있는 고로 그담 딸을 데릴사위를 해 올 때까지는 부려먹지 않으면 안 된다. 물론 머슴을 두면 좋지만 그건 돈이 드니까, 일 잘하는 놈을 고르느라고 연방 바꿔 들였다. 또 한편 놈들이 욕만 줄창 퍼붓고 심히도 부려먹으니까 밸이 상해서 달아나기도 했겠지. 점순이는 둘째 딸인데 내가 일테면 그 세 번째 데릴사위로 들어온 셈이다. 내 담으로 네 번째 놈이 들어올 것을 내가 일도 잘하고 그리고 사람이 좀 어수룩하니까 장인님이 잔뜩 붙들고 놓질 않는다. 셋째 딸이 인제 여섯 살, 적어두 열 살은 돼야 데릴사위를 할 테므로 그동안은 죽도록 부려먹어야 된다. 그러니 인제는 속 좀 채리고 장가를 들여 달라구 떼를 쓰고 나자빠져라, 이것이다.

나는 겉으로 엉, 엉하며 귓등으로 들었다. 뭉태는 땅을 얻어 부치다가 떨어진 뒤로는 장인님만 보면 공연히 못 먹어서 으릉거린다. 그것도 장인님이 저 달라고 할 적에 제집에서 위한다는 그 감투(예전에 원님이 쓰던 것이라나, 옆구리에 뽕뽕 좀먹은 걸레)를 선뜻 주었더라면 그럴 리도 없었던 걸—.

그러나 나는 뭉태란 놈의 말을 전수히• 곧이듣지 않았다. 꼭 곧이들었다면 간밤에 와서 장인님과 싸웠지 무사히 있었

전수히 … 전수이. 모두 다.

을 리가 없지 않은가. 그러면 딸에게까지 인심을 잃은 장인님이 혼자 나빴다.

실토이지 나는 점순이가 아침상을 가지고 나올 때까지는 오늘은 또 얼마나 밥을 담았나, 하고 이것만 생각했다. 상에는 된장찌개하고 간장 한 종지, 조밥 한 그릇, 그리고 밥보다 더 수부룩하게 담은 산나물이 한 대접, 이렇다. 나물은 점순이가 틈틈이 해 오니까 두 대접이고 네 대접이고 멋대로 먹어도 좋으나 밥은 장인님이 한 사발 외엔 더 주지 말라고 해서 안 된다. 그런데 점순이가 그 상을 내 앞에 내려놓으며 제 말로 지껄이는 소리가,

"구장님한테 갔다 그냥 온담 그래!"

하고 엊그제 산에서와 같이 뒤우 쫑알거린다. 딴은 내가 더 단단히 덤비지 않고 만 것이 좀 어리석었다. 속으로 그랬다. 나도 저쪽 벽을 향하여 외면하면서 내 말로,

"안 된다는 걸 그럼 어떡헌담!"

하니까,

"쉼●을 잡아채지 그냥 둬, 이 바보야!"

하고 또 얼굴이 빨개지면서 성을 내며 안으로 샐죽하니 튀들어가지 않느냐. 이때 아무도 본 사람이 없었게 망정이지 보

쉼 … '수염'의 속어.

았다면 내 얼굴이 에미 잃은 황새 새끼처럼 가여웁다 했을 것이다.

사실 이때만치 슬펐던 일이 또 있었는지 모른다. 다른 사람은 암만 못생겼다 해두 괜찮지만 내 안해 될 점순이가 병신으로 본다면 참 신세는 따분하다. 밥을 먹은 뒤 지게를 지고 일터로 가려 하다 도로 벗어 던지고 바깥마당 공석 위에 드러누워서 나는 차라리 죽느니만 같지 못하다 생각했다.

내가 일 안하면 장인님 저는 나이가 먹어 못하고 결국 농사 못 짓고 만다. 뒷짐으로 트림을 꿀꺽하고 대문 밖으로 나오다 날 보고서,

"이 자식아, 너 왜 또 이러니."

"관격•이 났어유. 아이구 배야!"

"기껀 밥 처먹구 나서 무슨 관격이야, 남의 농사 버려 주면 이 자식아 징역 간다 봐라!"

"가두 좋아유, 아이구 배야!"

참말 난 일을 안해서 징역 가도 좋다 생각했다. 일후 아들을 낳아도 그 앞에서 바보, 바보, 이렇게 별명을 들을 테니까 오늘은 열 쪽이 난대도 결정을 내고 싶었다.

장인님이 일어나라고 해도 내가 안 일어나니까 눈에 독이

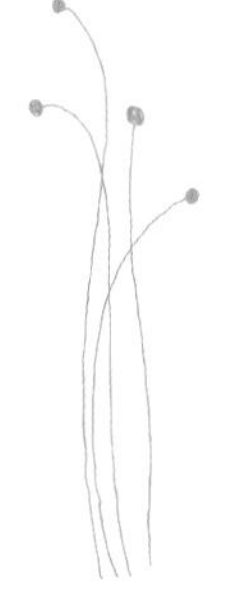

관격 … 먹은 음식이 갑자기 체하여 가슴 속이 막히고 위로는 계속 토하며 아래로는 대소변이 통하지 않는 위급한 증상.

올라서 저편으로 힁하게 가더니 막대기를 들고 왔다. 그리고 그걸로 내 허리를 마치 들떠 넘기듯이 쿡 찍어서 넘기고 넘기고 했다. 밥을 잔뜩 먹어 딱딱한 배가 그럴 적마다 퉁겨지면서 밸창[•]이 꼿꼿한 것이 여간 켕기지 않았다. 그래도 안 일어나니까 이번에는 배를 지게막대기로 위에서 쿡쿡 찌르고 발길로 옆구리를 차고 했다. 장인님은 원체 심청이 굳어서 그러지만 나도 저만 못하지 않게 배를 채었다. 아픈 것을 눈을 꽉 감고 넌 해라 난 재밌단 듯이 있었으나 볼기짝을 후려갈길 적에는 나도 모르는 결에 벌떡 일어나서 그 수염을 잡아챘다마는 내 골이 난 것이 아니라 정말은 아까부터 벽 뒤 울타리 구멍으로 점순이가 우리들의 꼴을 몰래 엿보고 있었기 때문이다.

1인칭 주인공 시점

소설은 이야기를 써내려 가는 방식과 관점이 매우 다양해요. 이것을 '시점'이라고 해요. 시점은 작품 속에서 독자에게 말하는 사람이 누구인가에 따라 몇 가지로 나뉘어요. 그중 '1인칭 주인공 시점'은 작품 속의 '나'인 주인공이 자기 자신의 이야기를 하는 거예요. 「봄봄」은 1인칭 주인공 시점의 대표적인 예라고 할 수 있어요. 작품 속 주인공 '나'는 '장인'과 벌어지는 일을 직접 말하여 우직하고 순박한 '나'의 모습을 독자에게 친근감 있게 표현하고 있어요.

가뜩이나 말 한마디 톡톡히 못한다고 바라보는데 매까지 잠자코 맞는 걸 보면 짜장 바보로 알 게 아닌가. 또 점순이도 미워하는 이까짓 놈의 장인님하곤 아무것도 안 되니까 막 때

밸창 … '창자'의 속어.

려도 좋지만 사정 보아서 수염만 채고(제 원대로 했으니까 이때 점순이는 퍽 기뻤겠지) 저기까지 잘 들리도록

"이걸 까셀라부다!"

하고 소리를 쳤다.

장인님은 더 약이 바짝 올라서 잡은 참 지게막대기로 내 어깨를 그냥 내려 갈겼다. 정신이 다 아찔하다. 다시 고개를 들었을 때 그때엔 나도 온몸에 약이 올랐다. 이 녀석의 장인님을, 하고 눈에서 불이 퍽 나서 그 아래 밭 있는 넝알로 그대로 떠밀어 굴려 버렸다.

"부려만 먹구 왜 성례 안하지유!"

나는 이렇게 호령했다. 허지만 장인님이 선뜻 오냐 낼이라두 성례시켜 주마, 했으면 나도 성가신 걸 그만두었을지 모른다. 나야 이러면 때린 건 아니니까 나중에 장인 쳤다는 누명도 안 들을 터이고 얼마든지 해도 좋다.

한 번은 장인님이 헐떡헐떡 기어서 올라오더니 내 바짓가랭이를 요렇게 노리고서 단박 움켜잡고 매달렸다. 악, 소리를 치고 나는 그만 세상이 팽그르 도는 것이,

"빙장님! 빙장님! 빙장님!"

"이 자식! 잡아먹어라, 잡아먹어!"

"아! 아! 할아버지! 살려 줍쇼, 할아버지!"

하고 두 팔을 허둥지둥 내절 적에는 이마에 진땀이 쭉 내솟고 인젠 참으로 죽나 보다 했다. 그래두 장인님은 놓질 않더니 내가 기어이 땅바닥에 쓰러져서 거진 까무러치게 되니까 놓는다. 더럽다, 더럽다. 이게 장인님인가? 나는 한참을 못 일어나고 쩔쩔맸다. 그러나 얼굴을 드니(눈에 참 아무것도 보이지 않았다.) 사지가 부르르 떨리면서 나도 엉금엉금 기어가 장인님의 바짓가랭이를 꽉 움키고 잡아 나꿨다.

내가 머리가 터지도록 매를 얻어맞은 것이 이 때문이다. 그러나 여기가 또한 우리 장인님의 유달리 착한 곳이다.

여느 사람이면 사경을 주어서라도 당장 내쫓았지 터진 머리를 불솜으로 손수 지져 주고, 호주머니에 희연• 한 봉을 넣어 주고 그리고,

"올 갈엔 꼭 성례를 시켜 주마, 암말 말구 가서 뒷골의 콩밭이나 얼른 갈아라."

하고 등을 뚜덕여 줄 사람이 누구냐. 나는 장인님이 너무나 고마워서 어느덧 눈물까지 났다.

점순이를 남기고 인젠 내쫓기려니, 하다 뜻밖의 말을 듣고,

"빙장님! 인제 다시는 안 그러겠어유!"

희연 … 일제 강점기 시절 담배 이름.

「봄봄」

1935년 〈조광〉에 발표한 단편 소설 「봄봄」은 1930년대의 우리나라 농촌을 무대로 머슴으로 일하는 데릴사위와 장인 사이의 희극적인 갈등을 매우 익살스럽고도 해학적으로 그린 작품이에요. 주인공 '춘삼이'는 데릴사위가 될 약속 아래 '봉필 영감'의 집에서 3년 넘게 돈 한 푼 안 받고 머슴살이를 하지만 '봉필 영감'은 딸 '점순이'를 줄 마음이 없어 계속 혼례를 미루는 데서 생기는 갈등을 우스꽝스럽게 그렸어요. 여기에서는 지주를 대신하는 관리자인 마름과 머슴 사이에서 발생하는 갈등과 대립뿐만 아니라 순박한 시골 남녀의 사랑도 느낄 수 있어요.

이렇게 맹세를 하며 부랴부랴 지게를 지고 일터로 갔다. 그러나 이때는 그걸 모르고 장인님을 원수로만 여겨서 잔뜩 잡아 다녔다.

"아! 아! 이놈아! 놔라, 놔."

장인님은 헷손질을 하며 솔개미•에 챈 닭의 소리를 연해 질렀다. 놓긴 왜, 이왕이면 호되게 혼을 내 주리라 생각하고 짓궂이 더 댕겼다마는 장인님이 땅에 쓰러져서 눈에 눈물이 피잉 도는 것을 알고 좀 겁도 났다.

"할아버지! 놔라, 놔, 놔, 놔."

그래도 안 되니까,

"얘 점순아! 점순아!"

이 악장에 안에 있었던 장모님과 점순이가 헐레벌떡하고 단숨에 뛰어나왔다. 나의 생각에 장모님은 제 남편이니까 역성을 할는지도 모른다. 그런데 점순이는 내 편을 들어서 속으로 고수해서 하겠지 — 대체 이게 웬 속인지(지금까지도 난 영문을 모른다.) 아버질 혼내 주기는 제

솔개미 … '솔개'의 사투리.

가 내래 놓고 이제 와서는 달겨들며,

"에그머니! 이 망할 게 아버지 죽이네!"

하고 내 귀를 뒤로 잡아댕기며 마냥 우는 것이 아니냐. 그만 여기에 기운이 탁 꺾이어 나는 얼빠진 등신이 되고 말았다. 장모님도 덤벼들어 한쪽 귀마저 뒤로 잡아채면서 또 우는 것이다.

이렇게 꼼짝도 못하게 해 놓고 장인님은 지게막대기를 들어서 사뭇 내려 조겼다●. 그러나 나는 구태여 피하려지도 않고 암만해도 그 속을 알 수 없는 점순이의 얼굴만 멀거니 들여다보았다.

"이 자식! 장인 입에서 할아버지 소리가 나오도록 해!"

조기다 … 마구 두들기거나 패다.

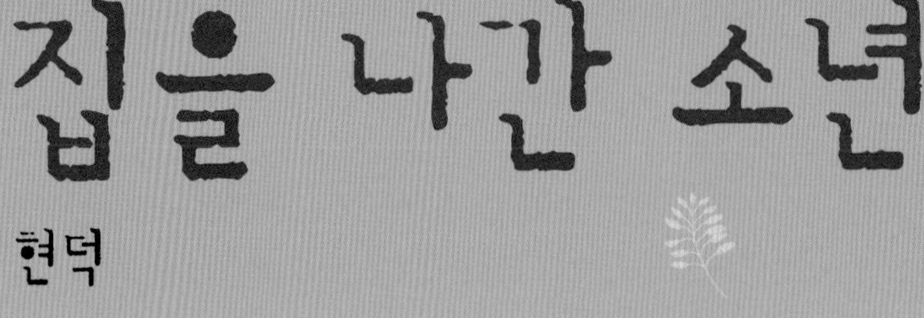

집을 나간 소년

현덕

“사실 충고를 하여 인환이로 하여금 집으로 돌아가게 한다 하더라도 그것으로 인해 조금도 그의 형편이 전보다 좋아질 리는 없고, 또 좋게 해 줄 기수 자신의 힘도 없다.
그럴 바엔 성사 없는 말로 공연히 마음을 괴롭힐 것은 없다 싶었다.
그러나 정처 없이 떠나려는 동무를 앞에 놓고 측은하고 섭섭한 생각을 금할 수 없어 위로 한마디 못 하면서
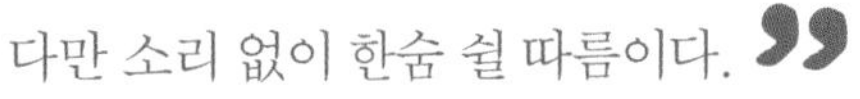
다만 소리 없이 한숨 쉴 따름이다.”

정거장 대합실 안이다. 아까부터 기수는 오늘 동경에서 나오시는 자기 큰형님을 맞으러 나온 것도 잊은 듯이 두리번두리번 사람 구경을 하고 섰다. 그 넓은 대합실 안은 차를 타러 나온 사람, 또는 누구를 마중이나 배웅하러 나온 사람으로 와글와글하다. 양복한 점잖은 신사도 있다. 학생도 있다. 괴나리봇짐•에 바가지짝을 매단 촌사람도 있다. 조랑조랑 어린아이들을 거느린 여인도 있다. 그중에 사람의 눈을 피하듯 캡을 얼굴 깊이 눌러쓰고 걸상 한 모퉁이에 오그리고 앉은 소년 하나가 있다. 그 모습이 어쩐지 올봄에 소학교를 졸업한 동무의 모습 같아 무춤하다•가는 그 옆으로 가까이 가며 자세히 살핀다. 기수는 반색을 하고 그의 등을 한 번 딱 때리고는

"너 인환이 아니냐?"

그러자 소년은 기겁을 해 깜짝 놀라 "어!" 하고 한마디 하고 고개를 돌려 기수를 보고는 적이 안심한 얼굴로

"난 누구라고."

그 너무나 놀라는 모양에 기수는 하하하 소리를 높여 웃고

"내 목소리가 그렇게 무서우냐. 아주 깜짝 놀라게."

괴나리봇짐 … 걸어서 먼 길을 떠날 때에 보자기에 싸서 어깨에 메는 작은 짐.

무춤하다 … 놀라거나 어색한 느낌이 들어 갑자기 하던 짓을 멈추다.

"무섭긴. 난 넌 줄 몰랐으니까 그렇지."

"그럼 나 말고 누구 무서워하는 사람이 있나 보구나."

인환이는 입가에 어색한 웃음을 지으며 대답이 없다가 기수가 재차 독촉하듯 묻자

"무서워하는 사람이 있긴 누가 있어."

하고는 말머리를 돌려서

"넌 정거장에 뭣하러 나왔니?"

그러나 기수는 인환이 그가 뭣하러 정거장엘 나왔는지 먼저 알고 싶었다. 학생 양복에 캡을 쓰고 옆에는 가방을 가진 행색이 어디 길을 떠나러 나온 듯싶다. 기수는 가방과 인환이를 번갈아 보며

"너 어디 길 떠나니?"

"응."

"어디, 먼 데냐?"

"무슨 일로 가니. 여행이냐?"

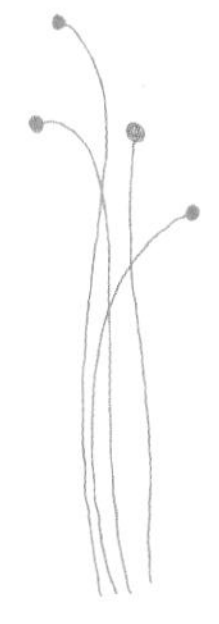

여전히 인환이는 "응" 하고 멋없는 대답으로 기수와는 반대편을 보다가 문득 고개를 돌리며 음성을 나직이 이런 당부를 하였다.

"너, 당분간만은 나 봤단 소리 누구 보고두 말어다우."

기수는 무슨 영문을 몰라 눈을 끔벅 끔벅하다가

"왜?"

"그저, 좀."

"너희 집에두 말이냐?"

"응, 우리 집에두."

"아, 너희 어머니께두 말야?"

"응. 우리 어머니께두."

하고 인환이는 아무렇지 않은 듯 말하는 것이나 기수는 더욱 까닭이 몰라졌다. 말없이 의심 깊은 눈으로 인환이 얼굴을 바라보기만 하다가 음성을 나직이 다급하게 묻는다.

> **현덕**
>
> 1909년 서울에서 태어난 현덕의 본명은 현경윤이에요. 그는 소설가 김유정을 만나면서 작품 활동을 본격적으로 시작했고, 그의 영향을 받은 작품도 남아 있어요. 그리고 1938년 〈조선일보〉 신춘문예에 소설 「남생이」가 큰 주목을 받으며 당선되면서 작가가 되었어요. 그는 아동 문학에도 특별한 관심을 가져 〈소년〉에 여러 편의 아동 문학을 발표하기도 했어요. 이후 6·25전쟁 중 월북한 관계로 사망 연대는 정확하게 알 수 없어요.

"대체 어디냐. 너희 어머니께두 알리지 않구 가는 데가. 너 혹시 아주 너희 집 버리고 나온 건 아니냐?"

"……."

"너희 집 버리고 나온 건 아냐?"

그러나 인환이는 대꾸가 없이 수심에 잠기듯 머리를 숙이고 앉았더니 갑자기 얼굴을 들고 거진 애원하는 소리로 딱 잘라 말한다.

“그건 좀 묻지 말어다우. 내 소원으로.”

이내 두 소년은 잠잠히 침묵에 잠긴다. 기수는 더는 입을 열어 묻지는 못하나 더욱 인환이의 일이 궁금하지 않을 수 없다. 무슨 큰일 날 짓을 저지른 거만 같아 무한 걱정이 되는 한편, 그것이 무엇인지 몰라 이리저리 생각을 하고 섰는데 먼저 인환이가 입을 열었다.

“저번 신문에서 보니까 넌 그예• 소원하던 중학교에 합격이 되었더구나.”

“응, 너 신문에서 봤니?”

“퍽 지원자가 많았지?”

“십 대 일이니까 적은 수는 아니지.”

“넌 보통학교• 때 성적도 좋고 하니까 으레 합격될 줄 알았지만.”

“허지만 난 그날 아마 운수가 좋았던가 봐.”

하고 자기에 관한 말은 간단히 하고는 “넌 어떻게 됐니?” 하고, 인환이는 그도 상급 학교를 지원하던 터라 그 일을 물었다. 그러나 인환이는

“내 형편에 상급 학교가 뭐냐.”

그예 … 마지막에 가서는 기어이.

보통학교 … 일제 강점기에 우리나라 사람들에게 초등 교육을 하던 학교.

"왜, 너희 아저씨 되시는 어른이 부자라시면서? 그 어른께 어떻게 잘 말씀해 보면 될 것 같다고 허더니 그러니."

"그건 틀린 지 벌써 오래다."

"틀리다니?"

"사람이 돈이 있어야 제일이지 공부는 해 뭐허느냐는 어른이신데, 뭐. 그리고 허시는 말씀이 정 공부가 허고 싶건 자기가 허시는 전당국• 에 나와 서기 노릇 허는 공부를 허라시는 거야."

더 듣지 않아도 뻔한 일이다. 집안은 가난하고 아버지는 주야로 술 자시는 일밖에는 모르시는 어른이고 믿었던 아저씨마저 그렇다면 그렇게 가고 싶어 하던 상급 학교는 틀리고 말았으니 인환이의 그 속이 어떨 것은 묻지 않아도 짐작할 일이고, 그리고 그 일과 지금 자기 집에도 알리지 않고 길을 떠나려는 것이 어떻게 부합된 일이나 아닌가고 기수는 다시금 인환이의 얼굴을 쳐다보는데 인환이는

"지금 늬가 마중하러 나온 어른이 바루 동경 가서 공부하고 계시다던 분이냐?"

"응, 바루 그 형님야. 올에 대학을 마치시고 나오시는 길야. 내가 이번에 상급 학교에 합격만 되면 나오실 때 사진 기계

전당국 … 물건을 잡고 돈을 빌려 주어 이익을 취하는 곳.

한 틀을 사다 준다고 하셨는데 아마 잊지 않고 사 가지고 나오시겠지.”

하고 잠시 말을 끊었다가 기수는

“사진 기계가 생기거든 먼저 너를 찍어 보려고 했었더니만.”

하고 매우 섭섭한 낯을 하더니 그 얼굴은 금세 무한 야속해하는 빛으로 변하며 그러나 정 있는 소리로

“너 정말이지, 지금 어딜 떠나는 길이냐. 내게 말 못 할 게 뭐냐. 날 못 믿어 그러는 거냐?”

“뭐, 널 못 믿어 그러는 건 아니지만.”

“그럼 내게 말 못 할 게 뭐냐. 너 전에 우리 둘 사이에는 비밀이 없이 지내자고 그랬지.”

인환이는 더욱 얼굴이 침통해지더니 문득 고개를 들어 사실은, 하고 사실은 집에 다시는 아니 들어갈 생각으로 나왔다는 말을 하자 기수는

“뭐, 정말야?”

하고 다시금 놀란다. 그리고

“그럼 장차 넌 어떡헐 생각이냐. 그리고 집에 계신 너이 어머니는 어쩌고.”

"우리 어머니 말이냐. 어머니에겐 잘 이해하시도록 써서 지금 편지를 띄웠으니까, 내일은 받아 보시겠지. 그리고 언제는 내가 집에 있어서 어머니 보양해 드렸니. 나 없어두 그대루 사시겠지."

"허지만 너 하나를 바라고 사시는 어머니 아니야. 늬가 집을 버리고 나간 걸 아시면 오죽허시겠니."

"나두 그 생각을 못 허는 건 아냐. 하지만 허구헌 날 집 안에 들어앉아서 어머니 눈앞에 답답한 꼴을 보시게 하여 속을 태우시게 허는 것보다는 차라리 낫지. 남들은 상급 학교엘 가느니 허는데. 그리고 아저씨 말씀대로 전당국에 나가 서기 노릇 하는 걸 배운다 하더라도 남들은 같은 시간에 훌륭헌 학교에서 좋은 선생님 아래 날로 향상해 가는데 나는 뭐냐."

"그럼 지금 넌 뭘 목적허고 어디로 떠나는 길이냐?"

"지금 가는 데는 대구다. 뭐, 거기가 다른 데보다 좋아서 가는 것은 아냐. 돈 자라는 데까지 차표를 끊으니까 거기밖에 안 되더구나."

"그러곤 어떡헐 생각이냐?"

"뭐, 어떻게든지 되겠지."

"어떻게든지 되다니?"

"아무런들 집에서 아버지 주정을 받는 거나 아저씨 전당국에 나가 꾸벅거리고 앉았는 것보다는 낫겠지. 그리고 지금 집을 나가는 것이 다음엔 도리어 어머니께두 효가 될는지도 몰라. 어머니는 은근히 내가 일후에 크게 성공하여 헌다 헌 인물이 되어 주길 바라시는 거야."

"그럼 지금 넌 무슨 성공헐 길이 있어 집을 나온 거냐. 대구엔 누구 아는 사람도 없을 텐데."

"성공?"

하고 인환이는 지금까지의 꿈이 깨진 듯 잠시 멀뚱멀뚱 바라보기만 하더니 다시 말을 계속한다.

"그렇지만 기수야, 너 가끔 이런 생각 허는 때 없니? 산 같은 데 올라 먼 곳을 바라보는 때 말야. 산 너머 먼 저편엔 무슨 여기보다 행복한 생활이 있을 것 같은. 그리고 거기를 가기만 하면 어쩐지 곧 자기 몸이 행복될 것 같은……."

"그래, 넌 지금 그걸 믿고 집을 버리고 나온 거야?"

하고 기수는 어림없는 소리라는 듯 퉁명스레 말하자 인환이는

"아니."

하고 잠시 얼굴이 붉어지더니

"허지만 지금 떠나는 길이 꼭 불행하게 되리라고만 생각헐 수는 없지 않어. 그리고 수족이 성허니까 어디 가서 무엇을 하든 제 밥벌이는 할 수 있겠지."

하고 애써 걱정 없는 얼굴을 하려 하는 것이나, 기수는 그 말을 바로 들을 수는 없다.

하지만 덮어놓고 말릴 수도 없어 몇 마디 듣기 좋은 말로 네가 생각하는 것과 실사회•와는 다르다는 뜻을 말하자 인환이는 그 말에 귀를 막듯 갑자기 언성을 거슬린다.

"애, 듣기 싫다. 듣기 싫어."

하고 손을 젓고는

"누구는 너만 생각을 못해 집을 버리고 나온 줄 아니. 너는 넉넉한 집안에 부족한 것 없는 몸이니까 그렇겠지만 난 잠시를 견딜 수 없는 집안 형편야. 남의 사정 모르는 소리 좀 작작 해라."

기수는 덤덤히 입을 다물고 만다. 사실 충고를 하여 인환이로 하여금 집으로 돌아가게 한다 하더라도 그것으로 인해 조금도 그의 형편이 전보다 좋아질 리는 없고, 또 좋게 해 줄 기수 자신의 힘도 없다. 그럴 바엔 성사 없는 말로 공연히 마음을 괴롭힐 것은 없다 싶었다. 그러나 정처 없이 떠나려는 동

실사회 … 실제의 사회.

무를 앞에 놓고 측은하고 섭섭한 생각을 금할 수 없어 위로 한마디 못 하면서 다만 소리 없이 한숨 쉴 따름이다.

두 소년은 각기 생각에 잠기며 묵묵히 섰다. 어디론지 차 떠나는 신호가 들리며 정거장 내는 일층 떠들썩해진다. 차표를 사는 사람, 두 팔에 하나씩 짐을 들고 개찰구 앞으로 나가는 사람, 기수와 인환이는 똑같이 무춤하고 고개를 들어 시계 있는 편으로 돌려 시간을 본다. 각각 기다리는 시간을 향하고 시계는 1초 1초 가까이 가고 있다.

기수는 문득 인환이 어깨에 팔을 걸며 나직한 음성으로

"정 어려운 경우를 당하거든 잊지 말고 내게 기별을 해다우. 내 힘자라는 데까지는 해 볼게."

"고맙다."

한마디로 인환이는 간단히 감사를 표하며 기수의 한편 손을 잡는다.

이런 때 건너편 문 앞, 빽빽하게 둘러섰는 사람들 너머로 어떤 여자의 음성이 누구를 부르며 당황해하는 기색이 있다. 그 소리가 어쩐지 인환이 어머니 음성 같아 인환이와 기수는 동시에 가슴을 두근거리며 그편으로 눈을 몬다.

마침내 사람들의 사이를 헤집고 나타난 여인은 딴은 인환

이 어머니가 분명하다. 거진 실성한 사람처럼 매무시가 흘러내려 치마가 땅에 끌리는 것도 돌아보려지 않고 당황한 눈을 이리저리 돌려 살피며 갈팡질팡한다.

그 어머니를 보자 인환이는 한층 더 당황해하며 쩔쩔매다가는 맞은편에 있는 공중전화를 보자, 기수에게는 나 보았다는 소리 아예 하지 말아 달라는 당부를 하고는 뛰어가 그 안에 몸을 숨긴다.

신춘문예란?

'신춘문예'란 주로 일간지 신문사에서 공모하여 새해가 되면 소설, 시, 희곡 동화 등 여러 문예 부분의 당선자를 뽑아 발표하는 연중행사를 말해요. 새봄에 발표하여 신춘문예란 이름이 붙었고 신춘문예에 당선되어 문단에 처음 등장하는 것을 주로 '등단'이라고 표현해요. 새로운 작가의 작품을 뽑는 우리나라만의 유일한 제도로 1925년 〈동아일보〉에서 제일 처음 신춘문예를 시작하여 점차 널리 확대되었어요.

여전히 인환이 어머니는 실성한 사람처럼 아무나 보고는 이러저러한 얼굴 모습에 이러이러한 옷을 입은 소년을 보았느냐고, 창피와 염치를 가리지 않고 자기 아들 찾기에 상성이 났다.

기수는 그 인환이 어머니를 나가 맞아야 할지 어쩔지 몰라 망설이고 있는데 저편에서 먼저 보고 자기 아들을 만난 듯이나 반색을 하며 가까이 온다.

"너, 우리 인환이 여기 안 나왔디?"

고대 이 자리에 인환이가 있었던 것을 보기나 한 것처럼 얼마간 안심하는 빛을 얼굴에 보이며 기수를 본다. 그 얼굴을 바로 쳐다보지 못하고 기수는 고개를 숙이고는 모르겠다는 뜻으로 머리를 젓는다. 금세 인환이 어머니는 실망을 한 듯 안색이 어두워지며

"혹 다른 데 어디서도 본 적이 없니?"

기수는 역시 머리를 젓자, 인환이 어머니는 기운을 잃고 그 옆 걸상에 꿇어앉는다. 그리고

"그럼 이 애가 어딜 갔단 말이냐. 글쎄 요즘 며칠을 두고 눈치가 수상해 은근히 걱정을 하지 않었겠니. 그랬는데 오늘 잠깐 어디 좀 나갔다 들어오니까 늘 장 위에 있던 가방이 보이질 않어. 그래서 자세 살펴보니까 장 속에 둔 그 애 속옷 나부랭이도 없어지고 책상에 책도 몇 권 없어지고 하였구나. 그래 분명 이 애가 집을 버리고 나간 것 같애 먼저 정거장으로 뛰어나왔다만……."

하고는 기수 얼굴을 똑바로 쳐다보며

"네 생각은 어떠냐. 이 애가 분명 집을 버리고 나간 거지?"

"글쎄요."

하고 기수는 여전히 알 수 없다는 얼굴을 하는 수밖에 없

었다.

"전에두 혹 네게 그런 눈치 보인 적 없디? 이 애가 집을 버리고 나간 게 아닐까?"

기수는 어색한 웃음으로 어물어물하는데 인환이 어머니는 그걸 아니라는 뜻으로 아는 모양이다.

"아니었으면 작히나 좋겠냐마는, 이 애가 분명 집을 버리고 나갔어."

하고는 가만히 있을 수 없는 듯 불시에 걸상에서 몸을 일으킨다. 그리고

"어쩌면 아이가 그렇게 철딱서니가 없니. 저희 집 형편을 제 눈으로도 빼언히 보는 바 아니냐. 보통학교도 어디 다닐 걸 다녔니. 글쎄 상급 학교에 못 간다고 앉으면 한숨이고 밤에도 잠꼬대로 그 말이로구나. 그야 같이 다니던 아이들은 모두들 상급 학교엘 간다는데 자기만 못 가니 그도 그렇겠지. 하지만 제집 형편도 생각해 볼 줄 알어야 허지 않니. 그리고 제 아저씨 되시는 어른이 전당국을 허시는데 거기 와 있으라고 해도 거기는 죽어도 가기 싫다는구나. 글쎄 싫을 게 뭐냐. 당장은 싫어도 그 어른 눈에 착실히만 보이면 다음에 장사도 내주고 허실 것 아니냐. 그래 어젠 나도 그 말을 허고 저이 아버지

도 좀 나무래고 했더니 그걸 아마 뇌까린● 모양이더구나."

그리고 개찰을 하기 시작하여 그편 개찰구 앞에 모여 섰던 사람들이 움직이기 시작하자, 그 틈에 인환이가 섞이어 있기나 한 듯이 한 사람 한 사람 차례차례 살피다가는 다시 기수를 향하고 탄식이다.

"이 애가 가진 것도 없이 집을 나갔으니 고생인들 오죽허겠니. 먹기는 뭘 먹고 잠은 어디서 자고……. 내 자식이 나가서 갖은 고생을 허는데 내가 어떻게 입에 밥이 들어가고 밤에 잠을 자겠니."

하고 기수 어깨에 손을 얹으며 거진 애원을 하듯이

"기수야, 너는 알겠지. 우리 인환이가 어디 간 걸 너는 알겠지. 인환이에게 무슨 말 들은 것이라도 있을 테지. 숨기지 말고 제발 말 좀 해다우. 착하지. 착하지."

실로 기수는 난처하였다. 이 가엾은 여인에게 끝끝내 입을 봉하고 있을 수는 정말 어려웠다. 그러나 동무가 당부하던 말도 잊을 수 없어 멍멍히 섰는데 마침 부산서 떠난 열차가 도착하였다는 보고가 들리며 그편으로 사람들이 몰려간다. 더는 그 자리에 머물러 있을 수 없다. 그러자 갑자기 고개를 들더니 울 듯한 표정으로 걸음을 빨리 공중전화가 있는 편으로

뇌까리다 … 불쾌하다고 생각되는 상대편의 말이나 행동, 태도에 대하여 불쾌하다는 뜻을 담은 말을 거듭해서 자꾸 말하다.

가며

"인환아, 인환아."

마침내 전화실 문이 열리며 숨바꼭질을 하다가 들킨 때처럼 어색한 얼굴로 인환이는 나왔다. 그리고 기수가 그의 손을 잡고 무어라고 입을 열기 전에 인환이 어머니는 달려와 아들의 어깨에 매달렸다.

"늬가 나를 두고 어딜 간단 말이냐. 나 죽기 전엔 못 간다. 못 가."

그의 울음 섞인 음성을 들으며 기수는 동경서 나오는 자기 형님을 맞으러 그 자리를 떠나지 않을 수 없었다.

차 안에서 꾸역꾸역 내리는 사람들의 뒤를 이어 기수 큰형님도 내리었다. 그리고 기수를 보자 웃는 낯으로 먼저 양복 주머니에 손을 넣어 약속한 사진 기계를 꺼내는 형님에게 간단히 내용을 알리고 인환이와 그의 어머니가 있는 대합실 안으로 이끌려 왔을 때에도 풍경은 아까와 조금도 다르지 않았다.

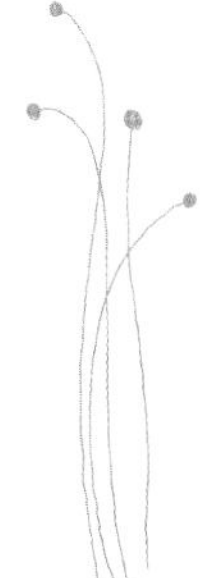

사람들이 둘러섰는 가운데 인환이는 고집을 세우고 버티고 섰고 어머니는 어떻게 달래서 집을 돌아가게 하기에 상성이었다.

"정 가고 싶건 나구 같이 가자. 천 리가 되든 만 리가 되든

「집을 나간 소년」

1946년에 출간한 소설집 『집을 나간 소년』의 표제작인 「집을 나간 소년」은 보통학교에서 상급 학교로 진학한 '기수'와 진학하지 못하고 집을 나가려는 '인환'이의 이야기예요. 우연히 집을 나가려는 인환이를 정거장 대합실에서 만난 기수는 그를 말리려고 해요. 여기에서 당시 빈부의 차이로 인한 불평등한 사회 현실을 엿볼 수 있지만 더불어 갈등을 해결해 가는 과정에서 친구 간의 우정도 함께 볼 수 있어요.

같이 가서, 먹어도 같이 먹고 굶어도 같이 굶자. 글쎄 늬가 나가 고생을 허는데 내가 집에서 혼자 밤잠인들 잘 수 있고 밥인들 입에 들어갈 줄 아니."

그래도 여전히 움직임이 없이 버티고 섰으니까 둘러섰는 사람들을 돌아보며 어머니는 또 그런다.

"저는 큰 뜻을 품고 집을 나간다는 것이지만 요새 세상이 어디 뜻대로 되는 세상입니까. 넉넉헌 사람도 객지에 나가면 고생이라는데 빈주먹만 들고 나간 몸이 고생인들 오죽허겠습니까."

그리고 다시 인환이를 향하고는

"집으로 가자. 제발 이 어미를 불쌍히 생각해서라도 가자. 가자."

그러자 입때껏 말없이 바라보기만 하고 섰던 기수 큰형님이 앞으로 나가 인환이 등에 손을 얹었다. 그리고 그제야 고개를 들어보고 기수 형님인 걸 알자 굽실하고 인사를 하는 그를 조용한 곳으로 이끌어 가며 나직나직 이렇게 타이른다.

"암, 상급 학교에도 가고 싶겠지. 그리고 여기보다 좋은 환경을 찾아 먼 길을 떠나고 싶기도 허겠지. 허지만 백 사람이 그렇게 집을 나가서 그중 좋은 환경을 만나게 되는 사람은 한 사람이 되기도 드문 것이 이 세상일이거든. 그리고 공부란 사람이 자기 자신과 자기가 살고 있는 사회를 잘 알고 이해하려는 데 보다 큰 목적이 있는 것으로, 그것은 반드시 학교엘 가서만 배워진다는 것은 아니야. 알려고 노력만 허게 되면 어떠한 환경에서든 그걸 배울 수 있는 것이거든. 오늘은 우선 너이 집으로 돌아가거라. 그럼 내가 아는 사람도 있고, 또 나도 계획허는 사업이 있어 사람을 쓰게 될 것이니까 어떻게 업을 가져 낮에는 일을 하고 밤에는 야학• 같은 데를 다니게라도 해 줄 터이니 내 말대로 해라."

급기야 인환이는 기수 큰형님 앞에 머리를 숙이며 그 뜻을 좇기로 하였다. 그리고 그의 어머니가 기수 큰형님에게 무수히 감사를 표하며 걸어오는 앞장을 서서, 인환이와 기수는 서로 어깨를 걸고 가벼이 걸음을 옮기며 기수는 이런 말을 하였다.

"얼른 우리 집으로 가서, 이 사진 기계로 네 얼굴 먼저 백혀 보자."

야학 … '야간 학교'의 줄임말.

사랑손님과 어머니

주요섭

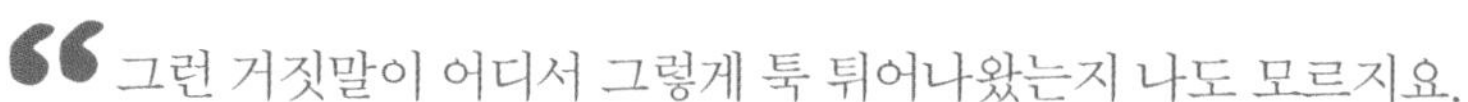

"그런 거짓말이 어디서 그렇게 툭 튀어나왔는지 나도 모르지요.
꽃을 들고 냄새를 맡고 있던 어머니는 내 말이 끝나기가 무섭게
무엇에 몹시 놀란 사람처럼 화닥닥하였습니다.
그러고는 금시에 어머니 얼굴이 그 꽃보다 더 빨갛게 되었습니다.
그 꽃을 든 어머니 손가락이 파르르 떠는 것을 나는 보았습니다."

나는 금년 여섯 살 난 처녀애입니다. 내 이름은 박옥희구요. 우리 집 식구라고는 세상에서 제일 이쁜 우리 어머니와 단 두 식구뿐이랍니다. 아차 큰일 났군. 외삼촌을 빼놓을 뻔했으니.

지금 중학교에 다니는 외삼촌은 어디를 그렇게 싸돌아다니는지 집에는 끼니 때 외에는 별로 붙어 있지를 않으니까 어떤 때는 한 주일씩 가도 외삼촌 코빼기도 못 보는 때가 많으니까요. 깜빡 잊어버리기도 예사지요, 무얼.

우리 어머니는, 그야말로 세상에서 둘도 없이 곱게 생긴 우리 어머니는, 금년 나이 스물네 살인데 과부•랍니다. 과부가 무엇인지 나는 잘 몰라도 하여튼 동리 사람들이 날더러 '과부 딸'이라고들 부르니까 우리 어머니가 과부인 줄을 알지요. 남들은 다 아버지가 있는데 나만은 아버지가 없지요. 아버지가 없다고 아마 '과부 딸'이라나 봐요.

외할머니 말씀을 들으면 우리 아버지는 내가 이 세상에 나오기 한 달 전에 돌아가셨대요. 우리 어머니하고 결혼한 지

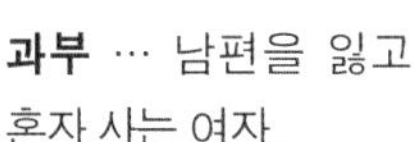
과부 … 남편을 잃고 혼자 사는 여자.

주요섭

대표작 「사랑손님과 어머니」로 널리 알려진 주요섭은 시 「불놀이」로 유명한 시인 주요한의 친동생이기도 해요. 주요섭은 평안남도 평양에서 1902년에 태어나 3·1운동 때 지하 신문을 발간하다가 발각되어 감옥살이를 하기도 했어요. 1921년부터 문학 활동을 시작하여 초기에는 주로 사회 현실에 초점을 맞춘 신경향파 작품을 발표했어요. 그렇지만 점차 「사랑손님과 어머니」, 「아네모네의 마담」 등에서 사람들의 순수한 애정을 그려 작품성을 높이 평가받았어요. 또한 중국과 미국에서 공부를 하고 돌아온 영문학자로서도 활동하다 1972년 숨을 거두었어요.

는 1년 만이고요. 우리 아버지의 본집은 어디 멀리 있는데 마침 이 동리 학교에 교사로 오게 되기 때문에 결혼 후에도 우리 어머니는 시집으로 가지 않고 여기 이 집을 사고(바로 이 집은 우리 외할머니 댁 옆집이지요) 여기서 살다가 1년이 못 되어 갑자기 돌아가셨대요. 내가 세상에 나오기도 전에 아버지는 돌아가셨다니까 나는 아버지 얼굴도 못 뵈었지요. 그러기에 아무리 생각해 보아도 아버지 생각은 안 나요. 아버지 사진이라는 사진은 나두 한두 번 보았지요. 참말로 훌륭한 얼굴이야요.

아버지가 살아 계시다면 참말로 이 세상에서 제일가는 잘난 아버지일 거야요. 그런 아버지를 보지도 못한 것은 참으로 분한 일이야요. 그 사진도 본 지가 퍽 오래 되었는데, 이전에는 그 사진을 늘 어머니 책상 위에 놓아두시더니 외할머니가 오시면 오실 때마다 그 사진을 치우라고 늘 말씀하셨는데, 지금은 그 사진이 어디 있는지 없어졌어요.

언젠가 한 번 어머니가 나 없는 동안에 몰래 장롱 속에서 무엇을 꺼내 보시다가 내가 들어오니까 얼른 장롱 속에 감추는 것을 내가 보았는데 그게 아마 아버지 사진인 것 같았어요.

아버지가 돌아가시기 전에 우리가 먹고살 것을 남겨 놓고 가셨대요. 작년 여름에, 아니로군, 가을이 다 되어서군요. 하루는 어머니를 따라서 저 여기서 한 10리나 가서 조그만 산이 있는 데를 가서 거기서 밤도 따 먹고 또 그 산 밑에 초가집에 가서 닭고깃국을 먹고 왔는데, 거기 있는 땅이 우리 땅이래요. 거기서 나는 추수로 밥이나 굶지 않게 된다고요. 그래도 반찬 사고 과자 사고 할 돈은 없대요. 그래서 어머니가 다른 사람의 바느질을 맡아서 해 주지요. 바느질을 해서 돈을 벌어서 그걸로 청어도 사고 달걀도 사고 내가 먹을 사탕도 사고 한다고요.

그리고 우리 집 정말 식구는 어머니와 나와 단둘뿐인데 아버지가 계시던 사랑방●이 비어 있으니까 그 방도 쓸 겸 또 어머니의 잔심부름도 좀 해 줄 겸해서 우리 외삼촌이 사랑방에 와 있게 되었대요.

사랑방 … 집의 안채와 떨어져 있는, 바깥주인이 거처하며 손님을 접대하는 방.

금년 봄에는 나를 유치원에 보내 준다고 해서 나는 너무나 좋아서 동무 아이들한테 실컷 자랑을 하고 나서 집으로 돌아오노라니까 사랑에서 큰외삼촌이(우리 집 사랑에 와 있는 외삼촌의 형님 말이야요) 웬 한 낯선 사람 하나와 앉아서 이야기를 하고 있었습니다. 큰외삼촌이 나를 보더니 '옥희야' 하고 부르겠지요.

"옥희야, 이리 온. 와서 이 아저씨께 인사드려라."

나는 어째 부끄러워서 비슬비슬하니까, 그 낯선 손님이,

"아, 그 애기 참 곱다. 자네 조카딸인가?"

하고 큰외삼촌더러 묻겠지요. 그러니까 큰외삼촌은,

"응, 내 누이의 딸…… 경선 군의 유복녀• 외딸일세."

하고 대답합니다.

"옥희야, 이리 온, 응! 그 눈은 꼭 아버지를 닮았네그려."

하고 낯선 손님이 말합니다.

"자, 옥희야 커단 처녀가 왜 저 모양이야. 어서 어서 이 아저씨께 인사해여. 너의 아버지의 옛날 친구신데 오늘부터 이 사랑에 계실 텐데 인사 여쭙고 친해 두어야지."

나는 이 낯선 손님이 사랑방에 계시게 된다는 말을 듣고 갑자기 즐거워졌습니다. 그래서 그 아저씨 앞에 가서 사붓이 절을 하고는 그만 안마당으로 뛰어 들어왔지요. 그 낯선 아저씨

유복녀 … 태어나기 전에 아버지를 여읜 딸.

와 큰외삼촌은 소리를 내서 크게 웃더군요.

나는 안방으로 들어오는 나름으로 어머니를 붙들고,

"엄마, 사랑방에 큰삼촌이 아저씨를 하나 데리구 왔는데에, 그 아저씨가아, 이제 사랑에 있는대."

하고 법석을 하니까,

"응, 그래."

하고 어머니는 벌써 안다는 듯이 대수롭잖게 대답을 하더군요. 그래서 나는,

"언제부터 와 있나?"

하고 물으니까,

"오늘부텀."

"애구 좋아."

하고 내가 손뼉을 치니까 어머니는 내 손을 꼭 붙잡으면서,

"왜 이리 수선[•]이야."

"그럼 작은외삼촌은 어디루 가나?"

"외삼촌도 사랑에 계시지."

"그럼 둘이 있나?"

"응."

"한방에 둘이 있어?"

수선 … 사람의 정신을 어지럽게 만드는 부산한 말이나 행동.

"왜 장지문● 닫고 외삼촌은 아랫방에 계시구 그 아저씨는 윗방에 계시구, 그러지."

나는 그 아저씨가 어떠한 사람인지는 몰랐으나 첫날부터 내게는 퍽 고맙게 굴고 나도 그 아저씨가 꼭 마음에 들었어요. 어른들이 저희끼리 말하는 것을 들으니까 그 아저씨는 돌아가신 우리 아버지와 어렸을 적 친구라고요. 어디 먼 데 가서 공부를 하다가 요새 돌아왔는데 우리 동리● 학교 교사로 오게 되었대요. 또 우리 큰외삼촌과도 동무인데, 이 동리에는 하숙도 별로 깨끗한 곳이 없고 해서 우리 사랑으로 와 계시게 되었다고요. 또 우리도 그 아저씨한테 밥값을 받으면 살림에 보탬도 좀 되고 한다고요.

그 아저씨는 그림책들이 얼마든지 있어요. 내가 사랑방으로 나가면 그 아저씨는 나를 무릎에 앉히고 그림책들을 보여 줍니다. 또 가끔 과자도 주고요.

어느 날은 점심을 먹고 이내 살그머니 사랑에 나가 보니까 아저씨는 그때에야 점심을 잡수셔요. 그래 가만히 앉아서 점심 잡숫는 걸 구경하고 있노라니까, 아저씨가,

"옥희는 어떤 반찬을 제일 좋아하누?"

하고 묻겠지요. 그래 삶은 달걀을 좋아한다고 했더니 마침

장지문 … 마루와 방 사이의 문인 지게문에 칸을 막아 끼워 덧들인 문.

동리 … 마을. 동네.

상에 놓인 삶은 달걀을 한 알 집어 주면서 나더러 먹으라고 합니다. 나는 그 달걀을 벗겨 먹으면서,

"아저씨는 무슨 반찬이 제일 맛나우?"

하고 물으니까 그는 한참이나 빙그레 웃고 있더니,

"나두 삶은 달걀."

하겠지요. 나는 좋아서 손뼉을 짤깍짤깍 치고,

"아, 나와 같네. 그럼, 가서 어머니한테 알려야지."

하면서 일어서니까 아저씨가 꼭 붙들면서,

"그러지 말어."

그러시겠지요. 그래도 나는 한번 맘을 먹은 다음엔 꼭 그대로 하고야 마는 성미지요. 그래 안마당으로 뛰쳐 들어가면서,

"엄마, 엄마, 사랑 아저씨두 나처럼 삶은 달걀을 좋아한대."

하고 소리를 질렀지요.

"떠들지 말어."

신경향파

신경향파는 가진 자와 못 가진 자의 계급으로 나뉜 사회의 모순을 개혁하고자 했던 사회주의 사상이 우리나라에 소개되면서 1924년 이후 우리 문단에 나타난 새로운 문학 형태예요. 여기에 3·1운동 이후 우리 문학이 사회 현실에서 도망치려 한다는 비판이 더해져 빈곤과 계급 차별을 폭로하고 현실에 저항하여 민중을 사회주의로 끌어들이는 데 목적을 두고 작품 활동을 했어요. 대표작으로 김기진의 『붉은 쥐』, 주요섭의 『살인』 등이 있어요.

하고 어머니는 눈을 흘기십니다.

그러나 사랑 아저씨가 달걀을 좋아하는 것이 내게는 썩 좋게 되었어요. 그것은 그 다음부터는 어머니가 달걀을 많이씩 사게 되었으니까요. 달걀 장수 노파•가 오면 한꺼번에 열 알도 사고 스무 알도 사고 그래선 두고두고 삶아서 아저씨 상에도 놓고 으레 나도 한 알씩 주고 그래요. 그뿐만 아니라 아저씨한테 놀러 나가면 아저씨가 책상 서랍 속에서 달걀을 한두 알 꺼내서 먹으라고 주지요. 그래 그 담부터는 나는 아주 실컷 달걀을 많이 먹었어요.

나는 아저씨가 아주 좋았어요마는 외삼촌은 가끔 툴툴하는 때가 있었어요. 아마 아저씨가 마음에 안 드나 봐요. 아니, 그것보다도 아저씨 상 심부름을 꼭 외삼촌이 하게 되니까 그것이 싫어서 그러나 봐요. 한 번은 어머니와 외삼촌이 말다툼하는 것까지 내가 들었어요. 어머니가,

"야, 또 어데 나가지 말구 사랑에 있다가 선생님 들어오시거든 상 내가야지."

하고 말씀하시니까, 외삼촌은 얼굴을 찡그리면서,

"제길, 남 어디 좀 볼일이 있는 날은 으레 끼니때에 안 들어오고 늦어지니……."

노파 … 늙은 여자.

하고 툴툴하겠지요. 그러니까 어머니는,

"그러니 어짜갔니? 너밖에 사랑 출입할 사람이 어디 있니?"

"누님이 좀 상 들고 나가구려. 요새 세상에 내외합니까!"

어머니는 갑자기 얼굴이 발개지시고 아무 대답도 없이 그냥 외삼촌에게 향하여 눈을 흘기셨습니다. 그러니까 외삼촌은 홍홍 웃으면서 사랑으로 나갔지요.

나는 유치원에 가서 창가•도 배우고 댄스도 배우고 하였습니다. 유치원 여자 선생님이 풍금•을 아주 썩 잘 타요. 그런데 우리 유치원에 있는 풍금은 우리 예배당에 있는 풍금과는 아주 다른데 퍽 조그마한 것이지마는 소리는 썩 좋아요. 그런데 우리 집 윗간에도 유치원 풍금과 꼭 같이 생긴 것이 놓여 있는 것이 갑자기 생각났어요. 그래 그날 나는 집으로 오는 길로 어머니를 끌고 윗간으로 가서,

"엄마, 이거 풍금 아니우?"

하고 물으니까 어머니는 빙그레 웃으시면서,

"그렇단다. 그건 어찌 알았니?"

"우리 유치원에 있는 풍금이 이것과 꼭 같은데 무얼. 그럼 엄마두 풍금 탈 줄 아우?"

창가 … 갑오개혁 이후에 발생한 근대 음악 형식의 하나. 서양 악곡의 형식을 빌려 지은 간단한 노래.

풍금 … 페달을 밟아서 바람을 넣어 소리를 내는 건반 악기.

소설만이 가지는 특징

다른 문학 양식과 구분되는 소설만이 가진 특징은 크게 다섯 가지 정도로 나누어 볼 수 있어요. 먼저, 소설은 실제로 존재하는 삶에서 소재를 가져오지만, 사실을 기록하는 것이 아니라 현실을 바탕으로 하여 있음직한 일을 꾸며서 쓰는 '허구성'이에요. 그렇지만 허구의 세계라도 종내는 인간 삶의 진실과 진짜 모습을 추구하여 인생의 의미를 깨닫게 하는 '진실성'을 가져요. 또한 시, 희곡 등과 달리 주로 서술과 대화, 묘사 등을 이용한 산문으로 써진 대표적인 문학으로서 '산문성'이 있어요. 그리고 인물과 사건, 배경 등을 갖추어 일정한 시간의 흐름에 따라서 이야기를 전개해 나간다는 점에서는 '서사성', 그 안에서 작품의 아름다움을 추구하는 '예술성' 또한 가지고 있어요.

하고 나는 다시 물었습니다. 그것은 내가 입때• 한 번도 어머니가 이 풍금 앞에 앉은 것을 본 일이 없기 때문입니다.

어머니는 아무 대답도 아니하십니다.

"엄마, 이 풍금 좀 타 봐!"

하고 재촉하니까, 어머니 얼굴은 약간 흐려지면서,

"그 풍금은 너의 아버지가 날 사다 주신 거란다. 너의 아버지 돌아가신 후에는 그 풍금은 이때까지 뚜껑두 한 번 안 열어 보았다……."

이렇게 말씀하시는 어머니 얼굴을 보니까 금방 또 울음보가 터질 것만 같이 보여서 나는 그만,

"엄마, 나 사탕 주어."

하면서 아랫방으로 끌고 내려왔습니다.

입때 … 여태.

아저씨가 사랑방에 와 계신 지 벌써 여러 밤을 잔 뒤입니다. 아마 한 달이나 되었지요. 나는 거의 매일 아저씨 방에 놀러 갔습니다. 어머니는 나더러 그렇게 가서 귀찮게 굴면 못쓴다고 가끔 꾸지람을 하시지만 정말인즉 나는 조금도 아저씨를 귀찮게 굴지는 않았습니다. 도리어 아저씨가 나를 귀찮게 굴었지요.

"옥희 눈은 아버지를 닮었다. 그 고운 코는 아마 어머니를 닮었지, 고 입하고! 응, 그러냐, 안 그러냐? 어머니도 옥희처럼 곱지, 응?"

이렇게 여러 가지로 물을 적도 있었습니다. 그래서 나는,

"아저씨, 입때 우리 엄마 못 봤수?"

하고 물었더니 아저씨는 잠잠합니다. 그래 나는,

"우리 엄마 보러 들어갈까?"

하면서 아저씨 소매를 잡아당겼더니, 아저씨는 펄쩍 뛰면서,

"아니, 아니 안 돼. 난 지금 분주해서."

하면서 나를 잡아끌었습니다. 그러나 정말로는 무슨 그리 분주하지도 않은 모양이었어요. 그러기에 나더러 가란 말도 않고 그냥 나를 붙들고 앉아서 머리도 쓰다듬어 주고 뺨에 입

도 맞추고 하면서,

"요 저고리 누가 해 주지……? 밤에 엄마하구 한자리에서 자니?"

하는 둥 쓸데없는 말을 자꾸만 물었지요!

그러나 웬일인지 나를 그렇게 귀애해 주던 아저씨도 아랫방에 외삼촌이 들어오면 갑자기 태도가 달라지지요. 이것저것 묻지도 않고 나를 꼭 껴안지도 않고 점잖게 앉아서 그림책이나 보여 주고 그러지요. 아마 아저씨가 우리 외삼촌을 무서워하나 봐요.

하여튼 어머니는 나더러 너무 아저씨를 귀찮게 한다고 어떤 때는 저녁 먹고 나를 방 안에 가두어 두고 못 나가게 하는 때도 더러 있었습니다. 그러나 조금 있다가 어머니가 바느질에 정신이 팔리어서 골몰•하고 있을 때 몰래 가만히 일어나서 나오지요. 그런 때에는 어머니는 내가 문 여는 소리를 듣고서야 퍼뜩 정신을 차려서 쫓아와 나를 붙들지요. 그러나 그런 때는 어머니는 골은 아니 내시고,

"이리 온, 이리 와서 머리 빗고……."

하고 끌어다가 머리를 다시 곱게 땋아 주시지요.

"머리를 곱게 땋고 가야지. 그렇게 되는 대루 하구 가믄 아

골몰 … 다른 생각을 할 여유도 없이 한 가지 일에 파묻힘.

저씨가 숭● 보시지 않니?"

하시면서, 또 어떤 때에는 머리를 다 땋아 주시고는,

"응, 저고리가 이게 무어야?"

하시면서 새 저고리를 내어 주시는 때도 있습니다.

어떤 토요일 오후였습니다. 아저씨는 나더러 뒷동산에 올라가자고 하셨습니다. 나는 너무나 좋아서 가자고 그러니까 아저씨가,

"들어가서 어머니께 허락 맡고 온."

하십니다. 참 그렇습니다. 나는 뛰쳐 들어가서 어머니께 허락을 맡았습니다. 어머니는 내 얼굴을 다시 세수시켜 주고 머리도 다시 땋고 그리고 나서는 나를 아스러지도록 한 번 몹시 껴안았다가 놓아 주었습니다.

"너무 오래 있지 말고, 응."

하고 어머니는 크게 소리치셨습니다. 아마 사랑 아저씨도 그 소리를 들었을거야요.

뒷동산에 올라가서는 정거장을 한참 내려다보았으나 기차는 안 지나갔습니다. 나는 풀잎을 쑥쑥 뽑아 보기도 하고 땅에 누운 아저씨의 다리를 꼬집어 보기도 하면서 놀았습니다.

숭 … '흉'의 사투리.

한참 후에 아저씨가 손목을 잡고 내려오는데 유치원 동무들을 만났습니다.

"옥희가 아빠하구 어디 갔다 온다. 응."

하고 한 동무가 말하였습니다. 그 아이는 우리 아버지가 돌아가신 줄을 모르는 아이였습니다. 나는 얼굴이 빨개졌습니다. 그때 나는 얼마나 이 아저씨가 정말 우리 아버지였더라면 하고 생각했는지 모릅니다. 나는 정말로 한 번만이라도, '아빠!' 하고 불러 보고 싶었습니다. 그러고 그날 그렇게 아저씨하고 손목을 잡고 골목골목을 지나오는 것이 어찌도 재미가 좋았는지요.

나는 대문까지 와서,

"난 아저씨가 우리 아빠래문 좋겠다."

하고 불쑥 말해 버렸습니다. 그랬더니 아저씨는 얼굴이 홍당무처럼 빨개져서 나를 몹시 흔들면서,

"그런 소리 하문 못써."

하고 말하는데, 그 목소리가 몹시도 떨렸습니다. 나는 아버지가 몹시 성이 난 것처럼 보여서 아무 말도 못하고 안으로 뛰어 들어갔습니다. 어머니가,

"어디까지 갔던?"

하고 나와 안으며 묻는데, 나는 대답도 못하고 그만 훌쩍훌쩍 울었습니다. 어머니는 놀라서,

"옥희야, 왜 그러니? 응?"

하고 자꾸만 물었으나 나는 아무 대답도 못하고 울기만 했습니다.

이튿날은 일요일인 고로 나는 어머니와 함께 예배당에를 가려고 차리고 나서 어머니가 옷을 갈아입는 동안 잠깐 사랑에를 나가 보았습니다. '아저씨가 아직도 성이 났나?' 하고 가만히 방 안을 들여다보았더니 책상에 앉아서 무엇을 쓰고 있던 아저씨가 내다보면서 빙그레 웃었습니다. 그 웃음을 보고 나는 마음을 놓았습니다. 아저씨가 지금은 성이 풀린 것이 확실하니까요. 아저씨는 나를 이리 보고 저리 보고 훑어보더니,

"옥희, 오늘 어디 가노? 저렇게 곱게 채리구."

하고 물었습니다.

소설의 서술자와 주인공 '옥희'

소설에는 작품 속에서 글을 읽는 독자에게 이야기를 건네는 사람이 있어요. 이것을 '서술자' 혹은 '화자'라고 불러요. 「사랑손님과 어머니」의 '옥희'도 서술자예요. 하지만 '옥희'가 정말 이 글을 쓴 것이 아니라, 실제로 쓴 사람은 주요섭이에요. 이처럼 서술자는 작자와는 다른 존재예요. 현덕의 「집을 나간 소년」에서는 작품 속 인물이 서술자가 아니고 마치 모든 것을 알고 있는 것 같지만, 이때에도 서술자가 현덕이라고 생각해서는 안 돼요. 서술자는 그 작품 안에서만 존재하는 인물이기 때문이에요.

"엄마하구 예배당에 가."

"예배당에?"

하고 나서 아저씨는 잠시 나를 멍하니 바라보더니,

"어느 예배당에?"

하고 물었습니다.

"요 앞에 예배당에 가지 뭐."

"응? 요 앞이라니?"

이때 안에서,

"옥희야."

라고 부드럽게 부르는 어머니의 목소리가 들리었습니다. 나는 얼른 방으로 뛰어 들어오면서 돌아다보니까 아저씨는 또 얼굴이 빨갛게 성이 났겠지요. 내 원, 참으로 무슨 일로 요새는 아저씨가 그렇게 성을 잘 내는지 알 수 없었습니다.

예배당에 가서 찬미하고 기도하다가 기도하는 중간 갑자기 나는, '혹시 아저씨두 예배당에 오지 않았나?' 하는 생각이 나서 눈을 뜨고 고개를 들어 남자석을 바라다보았습니다. 그랬더니 하, 바로 거기에 아저씨가 와 앉아 있겠지요. 그런데 아저씨는 어른이면서도 눈 감고 기도하지 않고 우리 아이들처럼 눈을 번히 뜨고 여기저기 두리번두리번 바라봅니다. 나는 얼른 아저씨를 알아보았는데 아저씨는 나를 못 알아보았는지 내가 빙그레 웃어 보여도 웃지도 않고 멀거니 보고만 있겠지요. 그래 나는 손을 흔들었지요. 그러니까 얼른 고개를 숙이고 말더군요. 그때에 어머니가 내가 팔 흔드는 것을 깨닫고 두 손으로 나를 붙들고 끌어당기더군요. 나는 어머니 귀에다 입을 대고,

"저기 아저씨도 왔어."

하고 속삭이니까 어머니는 흠칫하면서 내 입을 손으로 막고 막 끌어 잡아다가 앞에 앉히고 고개를 누르더군요. 보니까 어머니도 얼굴이 홍당무처럼 빨개졌더군요.

그날 예배는 아주 젬병•이었어요. 웬일인지 예배 다 끝날 때까지 어머니는 성이 나서 강대•만 향하여 앞으로 바라보고 앉았고 이전 모양으로 가끔 나를 내려다보고 웃는 일이 없었어요. 그리고 아저씨를 보려고 남자석을 바라다보아도 아저씨도 한 번도 바라다보아 주지도 않고 성이 나서 앉아 있고, 어머니는 나를 보지도 않고 공연히 꽉꽉 잡아당기지요. 왜 모두들 그리 성이 났는지……. 나는 그만 으아 하고 한번 울고 싶었어요. 그러나 바로 멀지 않은 곳에 우리 유치원 선생님이 앉아 있는 고로 울고 싶은 것을 아주 억지로 참았답니다.

젬병 … 형편없는 것을 속되게 이르는 말.

강대 … 책 따위를 올려놓고 강의나 설교를 할 수 있도록 만든 도구.

내가 유치원에 입학한 후 처음 얼마 동안은 유치원에 갈 때나 올 때나 외삼촌이 바래다주었습니다. 그러나 여러 밤을 자고 난 뒤에는 나 혼자서도 넉넉히 다니게 되었어요. 그러나 언제나 내가 유치원에서 돌아오는 때이면 어머니가 옆 대문(우리 집에는 대문이 사랑대문과 옆 대문 둘이 있어서 어머니는 늘 이 옆 대문으로만 출입하시는 것이었습니다) 밖에 기다리고 섰다가 내가 달음질쳐 가면, 안고 집 안으로 들어가곤 하는 것이었습니다.

그런데 하루는 어쩐 일인지 어머니가 대문간에 보이지를 않겠지요.

어떻게도 화가 나던지요. 물론 머리 속으로는, '아마 외할머니 댁에 가셨나 부다' 하고 생각했지마는 하여튼 내가 돌아왔는데 문간에서 기다리지 않고 집을 떠났다는 것이 몹시 나쁘게 생각되더군요. 그래서 속으로, '오늘 엄마를 좀 골려야겠다' 하고 생각하고 있는데 옆대문 밖에서,

"아이고, 얘가 원 벌써 왔나?"

하는 어머니 목소리가 들리더군요. 그 순간 나는 얼른 신을 벗어 들고 안방으로 뛰어 들어가서 벽장문을 열고 그 속에 들어가서 숨어 버렸습니다.

"옥희야, 옥희 너 여태 안 왔니?"

하는 어머니 목소리가 바로 뜰에서 나더니,

"여태 안 왔군."

하면서 밖으로 나가는 모양이었습니다. 나는 재미가 나서 혼자 흐흥흐흥 웃었습니다.

한참을 있더니 집에서는 온통 야단이 났습니다. 어머니 목소리도 들리고 외할머니 목소리도 들리고 외삼촌 목소리도 들리고…….

"글쎄, 하루 종일 집이라군 안 떠났다가 옥희 유치원 파하구• 오문 멕일• 과자가 없기에 어머님댁에 잠깐 갔다 왔는데 고 동안에 이런 변이 생긴 걸……."

하는 것은 어머니 목소리.

"글쎄 유치원에서 벌써 이십 분 전에 떠났다는데 원 중간에서……."

하는 것은 외할머니 목소리.

"여하튼 내 나가서 돌아댕겨 볼 테다, 원 고것이 어델 갔담?"

하는 것은 외삼촌 목소리.

이윽고 어머니의 울음소리가 가늘게 들렸습니다. 외할머

파하다 … 어떤 일을 마치거나 그만두다.

멕일 … 먹일.

니는 무어라고 중얼중얼 이야기하는 모양이었습니다. '이젠 그만하고 나갈까?' 하고도 생각했으나 '지난 주일날 예배당에서 성내었던 앙갚음을 해야지' 하는 생각이 나서 나는 그냥 벽장 안에 누워 있었습니다. 벽장 안은 답답하고 더웠습니다. 그래서 이윽고 부지중●에 나는 슬며시 잠이 들고 말았습니다.

얼마 동안이나 잤는지요? 이윽고 잠을 깨어 보니 아까 내가 벽장 안으로 들어왔던 것은 잊어버리고 참 이상스러운 데에 내가 누워 있거든요. 어두컴컴하고 좁고 덥고…… 나는 갑자기 무서운 생각이 나서 엉엉 울기 시작했지요. 그러자 갑자기 어디 가까운 데서 어머니의 외마디 소리가 나더니 벽장문이 벌컥 열리고 어머니가 달려들어서 나를 안아 내렸습니다.

"요 망할 것아."

하면서 어머니는 내 엉덩이를 댓 번 때렸습니다. 나는 더욱더 소리를 내서 울었습니다. 그때 어머니는 나를 끌어안고 어머니도 따라 울었습니다.

"옥희야, 옥희야, 응. 이젠 괜찮다. 엄마 여기 있지 않니, 응. 울지 마라, 옥희야. 엄마는 옥희 하나문● 그뿐이다. 옥희 하나만 바라구 산다. 난 너 하나문 그뿐이야. 세상 다 일이 없다.

부지중 … 알지 못하는 동안.

하나문 … 하나면.

옥희만 있으문 바라고 산다. 옥희야 응, 울지 마라, 응, 울지 마라."

이렇게 어머니는 나더러 자꾸 울지 말라고 하면서도 어머니는 그치지 않고 그냥 자꾸자꾸 울었습니다. 외할머니는,

"원 고것이 도깨비가 들렸단 말인가, 벽장 속엔 왜 숨는담."

하고 앉아 있고 외삼촌은,

"에, 재수, 메유다."

하면서 밖으로 나갔습니다.

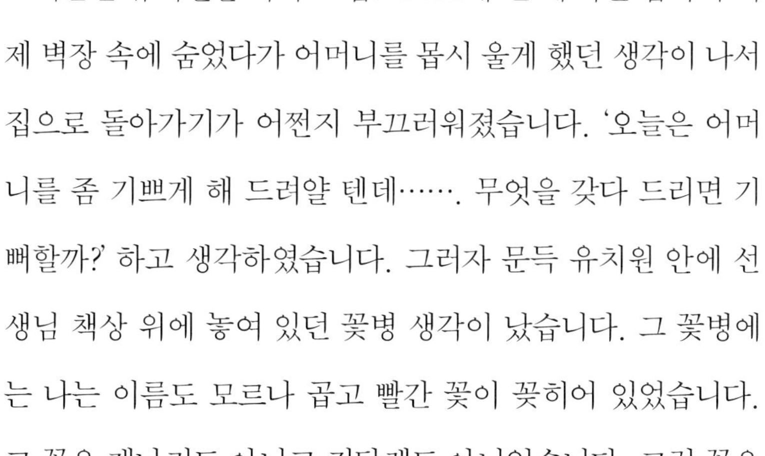

이튿날 유치원을 파하고 집으로 오게 된 때 나는 갑자기 어제 벽장 속에 숨었다가 어머니를 몹시 울게 했던 생각이 나서 집으로 돌아가기가 어쩐지 부끄러워졌습니다. '오늘은 어머니를 좀 기쁘게 해 드려얄 텐데……. 무엇을 갖다 드리면 기뻐할까?' 하고 생각하였습니다. 그러자 문득 유치원 안에 선생님 책상 위에 놓여 있던 꽃병 생각이 났습니다. 그 꽃병에는 나는 이름도 모르나 곱고 빨간 꽃이 꽂히어 있었습니다. 그 꽃은 개나리도 아니고 진달래도 아니었습니다. 그런 꽃은 나도 잘 알고 또 그런 꽃은 벌써 피었다가 져 버린 후였습니다. 무슨 서양 꽃이려니 하고 나는 생각하였습니다. 나는 우

리 어머니가 꽃을 사랑하는 줄을 잘 압니다. 그래서 그 꽃을 갖다가 드리면 어머니가 몹시 기뻐하려니 하고 생각하였습니다.

그래서 나는 도로 유치원 방 안으로 들어갔습니다. 마침 방 안에는 아무도 없었습니다. 선생님도 잠깐 어디를 가셨는지 보이지 않았습니다. 그래 나는 그 꽃을 두어 개 얼른 빼들고 달음질쳐 나왔지요.

집에 오니 어머니는 문간에서 기다리고 있다가 나를 안고 들어왔습니다.

"그 꽃은 어디서 났니? 퍽 곱구나."

하고 어머니가 말씀하셨습니다. 그러나 나는 갑자기 말문이 막혔습니다. '이걸 엄마 드릴라구 유치원에서 가져왔어' 하고 말하기가 어째 몹시 부끄러운 생각이 들었습니다. 그래 잠깐 망설이다가,

"응, 이 꽃! 저, 사랑 아저씨가 엄마 갖다 주라고 줘."

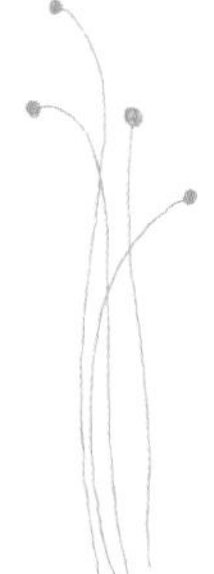

하고 불쑥 말했습니다. 그런 거짓말이 어디서 그렇게 툭 튀어나왔는지 나도 모르지요.

꽃을 들고 냄새를 맡고 있던 어머니는 내 말이 끝나기가 무섭게 무엇에 몹시 놀란 사람처럼 화닥닥하였습니다. 그러고

는 금시에 어머니 얼굴이 그 꽃보다 더 빨갛게 되었습니다. 그 꽃을 든 어머니 손가락이 파르르 떠는 것을 나는 보았습니다. 어머니는 무슨 무서운 것을 생각하는 듯이 방 안을 휘 한번 둘러보시더니,

"옥희야, 그런 걸 받아 오문 안 돼."

하고 말하는 목소리는 몹시 떨렸습니다. 나는 꽃을 그렇게도 좋아하는 어머니가 이 꽃을 받고 그처럼 성을 낼 줄은 참으로 뜻밖이었습니다. 어머니가 그렇게도 성을 내는 것을 보니까 그 꽃을 내가 가져왔다고 그러지 않고 아저씨가 주더라고 거짓말을 한 것이 참 잘되었다고 나는 속으로 생각했습니다. 어머니가 성을 내는 까닭을 나는 모르지만 하여튼 성을 낼 바에는 내게 내는 것보다 아저씨에게 내는 것이 내게는 나았기 때문입니다. 한참 있더니 어머니는 나를 방 안으로 데리고 들어와서,

"옥희야, 너 이 꽃 이 얘기 아무 보구두 하지 말아라, 응."

1인칭 관찰자 시점

'1인칭 관찰자 시점'이란 작품 등장인물이지만 주인공은 아닌 '나'가 주인공을 옆에서 지켜보며 주인공의 이야기를 독자에게 전달하는 거예요. '나'의 눈에 비친 주인공의 모습만 보고 전달하기 때문에 주인공의 마음속은 알 수 없어요. 「사랑손님과 어머니」의 서술자인 '옥희'는 여섯 살 난 어린아이로, 때 묻지 않은 순수한 관찰자예요. 그래서 어머니가 어떤 생각을 하는지는 확실히 알지 못하지만, 독자는 '옥희'의 설명에서 짐작할 수는 있어요. 그 덕분에 어머니와 아저씨의 애정을 아름답고 깨끗하게 표현해낼 수 있었던 거예요.

하고 타일러 주었습니다. 나는,

"응."

하고 대답하면서 고개를 여러 번 까닥까닥했습니다.

어머니가 그 꽃을 곧 내버릴 줄로 나는 생각했습니다마는 내버리지 않고 꽃병에 꽂아서 풍금 위에 놓아두었습니다. 아마 퍽 여러 밤 자도록 그 꽃은 거기 놓여 있어서 마지막에는 시들었습니다. 꽃이 다 시들자 어머니는 가위로 그 대는 잘라 내버리고 꽃만은 찬송가 갈피에 곱게 끼워 두었습니다.

내가 어머니께 꽃을 갖다 주던 날 밤에 나는 또 사랑에 놀러 나가서 아저씨 무릎에 앉아서 그림책을 보고 있었습니다. 갑자기 아저씨 몸이 흠칫하였습니다. 그러고는 귀를 기울입니다. 나도 귀를 기울였습니다.

풍금 소리!

그 풍금 소리는 분명 안방에서 흘러나오는 것이었습니다.

"엄마가 풍금 타나 부다."

하고 나는 벌떡 일어나 안으로 뛰어 들어갔습니다. 안방에는 불을 켜지 않았었습니다. 그러나 그때는 음력으로 보름께나 되어서 달이 낮같이 밝은데 은빛 같은 흰 달빛이 방 안 절반 가득히 차 있었습니다. 나는 그 흰옷을 입은 어머니가 풍

금 앞에 앉아서 고요히 풍금을 타는 것을 보았습니다.

나는 나이 지금 여섯 살밖에 안 되었지마는 하여튼 어머니가 풍금을 타시는 것을 보는 것은 오늘이 처음이었습니다. 어머니는 유치원 선생님보다도 풍금을 더 잘 타시는 것이었습니다. 나는 어머니 곁으로 갔습니다마는 어머니는 내가 곁에 온 것도 깨닫지 못하는지 그냥 까딱 아니하고 앉아서 풍금을 탔습니다. 조금 있더니 어머니는 풍금 곡조에 맞추어서 노래를 부르기 시작하였습니다. 어머니의 목소리가 그렇게 아름다운 것도 나는 이때까지 모르고 있었습니다. 어머니는 참으로 우리 유치원 선생님보다도 목소리가 훨씬 더 곱고 또 노래도 훨씬 잘 부르시는 것이었습니다. 나는 가만히 서서 어머님 노래를 들었습니다. 그 노래는 마치도 온실을 타고 별나

채만식의 「치숙」

「사랑손님과 어머니」와 같이 1인칭 관찰자 시점의 소설이지만 다른 효과를 내는 현대 소설이 있어요. 일제 강점기에 풍자적인 작품을 주로 쓴 채만식의 「치숙」이에요. 「치숙」의 서술자는 일제 강점기 서울의 일본인 상점에서 점원으로 일하는 '나'라는 어린 소년이에요. 작품은 '나'의 눈에 비친 오촌 고모부 '아저씨'에 대해 비판하고 있는데, '아저씨'는 대학을 나와 사회주의 운동을 하다가 옥살이를 하고 폐병에 걸려서 앓아누워 있어요. 그런 '아저씨'를 보는 '나'는 철저히 일본인으로 동화되어 살아가겠다고 생각해요. 부정적인 인물이 긍정적인 인물을 비판하고 조롱하며 이중의 풍자성을 보여 주는 거예요. 이로써 '아저씨'의 모습에서 지식인이 정상적으로 살 수 없는 사회적 모순과 '나'의 모습에서 일제의 강압적인 통치를 동시에 비판 · 풍자하고 있어요.

라에서 내려오는 노래처럼 아름다웠습니다. 그러나 얼마 오래지 않아 목소리는 약간 떨리기 시작하였습니다. 가늘게 떨리는 노랫소리, 그에 따라 풍금의 가는 소리도 바르르 떠는 듯했습니다. 노랫소리는 차차 가늘어지더니 마지막에는 사르르 없어져 버렸습니다. 풍금 소리도 사르르 없어졌습니다. 어머니는 고요히 일어나시더니 옆에 섰는 내 머리를 쓰다듬었습니다. 그 다음 순간 어머니는 나를 안고 마루로 나오셨습니다. 어머니는 아무 말씀도 없이 그냥 꼭꼭 껴안는 것이었습니다. 달빛을 함빡 받은 내 어머니 얼굴은 몹시도 새하얗다고 생각되었습니다. 우리 어머니는 참으로 천사 같다고 생각하였습니다. 우리 어머니의 새하얀 두 뺨 위로는 쉴 새 없이 두 줄기 눈물이 줄줄 흘러내리고 있는 것을 난 보았습니다. 그것을 보니 나도 갑자기 울고 싶어졌습니다.

"엄마, 왜 울어?"

하고 나도 훌쩍거리면서 물었습니다.

"옥희야."

"응?"

한참 동안 어머니는 아무 말씀도 없었습니다. 그러나 한참 후에,

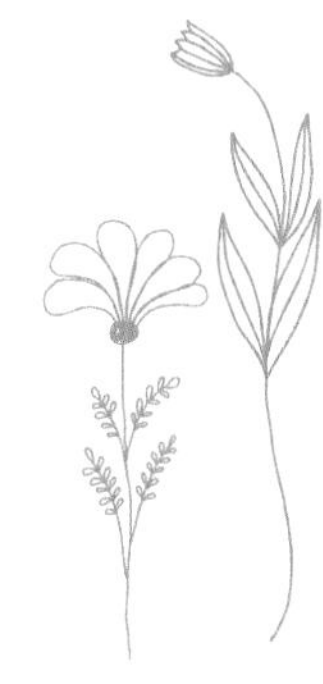

"옥희야, 너 하나문 그뿐이다."

"엄마."

어머니는 다시 대답이 없으셨습니다.

하루는 밤에 아저씨 방에서 놀다가 졸려서 안방으로 들어오려고 일어서니까 아저씨가 하아얀 봉투를 서랍에서 꺼내어 내게 주었습니다.

"옥희, 이것 갖다 엄마 드리고 지나간 달 밥값이라구, 응."

나는 그 봉투를 갖다가 어머니께 드렸습니다. 어머니는 그 봉투를 받아들자 갑자기 얼굴이 파랗게 질렸습니다. 그 전날 달밤에 마루에 앉았을 때보다 더 새하얗다고 생각되었습니다. 어머니는 그 봉투를 들고 어쩔 줄을 모르는 듯이 초조한 빛이 나타났습니다. 나는,

"그거 지나간 달 밥값이래."

하고 말을 하니까 어머니는 갑자기 잠자다 깨나는 사람처럼 '응?' 하고 놀라더니 또 금시에 백지장 같이 새하얗던 얼굴이 발갛게 물들었습니다. 봉투 속으로 들어갔던 어머니의 파들파들 떨리는 손가락이 지전●을 몇 장 끌고 나왔습니다. 어머니는 입술에 약간 웃음을 띠면서 후 하고 한숨을 내쉬었습

지전 … 지폐.

소설의 표현 방법

소설은 글을 통해 작가의 생각이나 느낌 등을 표현하기 때문에 다양한 표현 방식이 사용돼요. 그중 '설명'은 사실·지식 등을 자상하게 풀어서 독자들에게 알려 주는 방법이에요. '묘사'는 상태·동작·등장인물의 심리·사건 등을 마치 눈에 보이는 것처럼 구체적으로 그려서 실감 나게 표현하는 방법이에요. 그리고 '서사'는 사건을 시간의 흐름에 따라 늘어놓는 표현 방법이에요. 또 '대화'도 표현 방법에 들어가는데, 등장인물의 주고받는 말로 사건 전개와 인물의 성격을 알려 주는 방법이에요. 「사랑손님과 어머니」는 설명과 묘사를 주된 표현 방식으로 사용하고 있어요.

니다. 그러나 그것도 잠깐, 다시 어머니는 무엇에 놀랐는지 흠칫하더니 금시에 얼굴이 다시 새하얘지고 입술이 바르르 떨렸습니다. 어머니의 손을 바라다보니 거기에는 지전 몇 장 외에 네모로 접은 하얀 종이가 한 장 접혀 있는 것이었습니다.

어머니는 한참을 망설이는 모양이었습니다. 그러더니 무슨 결심을 한 듯이 입술을 악물고 그 종이를 차근차근 펴들고 그 안에 쓰인 글을 읽었습니다. 나는 그 안에 무슨 글이 쓰여 있는지 알 도리가 없었으나 어머니는 그 글을 읽으면서 금시에 얼굴이 파랬다 발갰다 하고 그 종이를 든 손은 이제는 바들바들이 아니라 와들와들 떨리어서 그 종이가 부석부석 소리를 내게 되었습니다.

한참 후에 어머니는 그 종이를 아까 모양으로 네모지게 접어서 돈과 함께 봉투에 도로 넣어 반짇고리에 던졌습니다.

그러고는 정신 나간 사람처럼 멀거니 앉아서 전등만 치어다 보는데 어머니 가슴이 불룩불룩합니다. 나는 어머니가 혹시 병이 나지 않았나 하고 염려가 되어서 얼른 가서 무릎에 안기면서,

"엄마, 잘까?"

하고 말했습니다.

엄마는 내 뺨에 입을 맞추어 주었습니다. 그런데 어머니의 입술이 어쩌면 그리도 뜨거운지요. 마치 불에 달군 돌이 볼에 와 닿는 것 같았습니다.

한참을 자고 나서 잠이 채 깨지는 않았으나 어렴풋한 정신으로 옆을 쓸어 보니 어머니가 없었습니다. 가끔 가다간 나는 그런 버릇이 있어요. 어렴풋한 정신으로 옆을 쓸면 어머니의 보드라운 살이 만져지지요. 그러면 다시 나는 잠이 들어 버리곤 하는 것이었습니다. 어머니가 자리에 없다는 것을 알게 되자 나는 갑자기 무서워졌습니다. 그래서 잠은 다 달아나고 눈을 번쩍 뜨고 고개를 돌려 보았습니다. 방 안에는 불은 안 켰지만 어슴푸레하게 밝습니다. 뜰로 하나 가득한 달빛이 방 안에까지 희미한 밝음을 던져 주는 것이었습니다. 윗목을 보니 우리 아버지의 옷을 넣어두고 가끔 어머니가 꺼내어 쓸어 보

시는 그 장롱 문이 열려 있고, 그 아래 방바닥에는 흰옷이 한 무더기 널려 있습니다.

그리고 그 옆에는 장롱을 반쯤 기대고 자리옷●만 입은 어머니가 주춤하고 앉아서 고개를 위로 쳐들고 눈은 감고 무엇이라고 입술로 소곤소곤 외우고 있는 것이 보였습니다. 아마 기도를 하나 보다 하고 생각했습니다. 나는 자리에서 일어나 기어가서 어머니 무릎을 빼개고 기어들어갔습니다.

"엄마, 무얼 해?"

어머니는 소곤거리기를 그치고 눈을 떠서 나를 한참이나 물끄러미 들여다보십니다.

"옥희야."

"응?"

"가서 자자."

"엄마두 같이 자."

"응, 그래 엄마두 같이 자."

그 목소리가 어째 싸늘하다고 내게 생각되었습니다.

어머니는 돌아가신 아버지의 옷들을 한 가지씩 들고는 가만히 손바닥으로 쓸어 보고는 장롱 안에 넣었습니다. 하나씩 하나씩 쓸어 보고는 장롱에 넣곤 하여 그 옷을 다 넣은 때 장

자리옷 … 잠옷.

롱 문을 닫고 쇠를 채우고 그러고 나서 나를 안고 자리로 돌아왔습니다.

"엄마, 우리 기도하고 자?"

하고 나는 물었습니다. 어머니는 나를 밤마다 재워 줄 때마다 반드시 기도를 하는 것이었습니다. 내가 할 줄 아는 기도는 주기도문뿐이었습니다. 그 뜻은 하나도 모르지만 어머니를 따라서 자꾸자꾸 해 보아서 지금에는 나도 주기도문을 잘 외웁니다. 그런데 웬일인지 어젯밤 잘 때에는 어머니가 기도할 것을 잊어버리고 그냥 잤던 것이 지금 생각이 났기 때문에 나는 그렇게 물었던 것입니다. 어젯밤 자리에 들 때 내가,

"기도할까?"

하고 말하고 싶었으나 어머니가 너무도 슬픈 빛을 띠고 있는 고로 그만 나도 가만히 아무 소리도 없이 잠이 들고 말았던 것입니다.

"응, 기도하자."

하고 어머니가 고요히 대답했습니다.

"엄마가 기도해."

하고 나는 갑자기 어머니의 기도하는 보드라운 음성이 듣고 싶어져서 말했습니다.

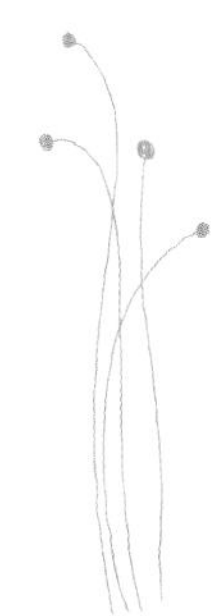

"하늘에 계신 우리 아버지시여."

어머니는 고요히 기도를 시작하였습니다.

"이름을 거룩하게 하옵시며 나라에 임하옵시며 뜻이 하늘에서 이루어진 것처럼 땅에서도 이루어지이다. 오늘날 우리에게 일용할 양식을 주옵시고 우리가 우리에게 죄 지은 자를 용서하여 준 것처럼 우리 죄를 사하여 주옵시고, 우리를 시험에 들지 말게 하옵시고…… 우리를 시험에 들지 말게 하옵시고…… 시험에 들지 말게……."

이렇게 어머니는 자꾸 되풀이하였습니다. 나도 지금은 막히지 않고 줄줄 외우는 주기도문을 글쎄 어머니가 막히다니 참으로 우스운 일이었습니다.

"시험에 들지 말게…… 시험에 들지 말게……."

하고 자꾸만 되풀이하는 것을 나는 참다못해서,

"엄마 내 마저 할게."

하고,

"다만 악에서 구원하옵소서. 대개 나라와 권세와 영광이 아버지께 영원히 있사옵니다."

하고 내가 끝을 마쳤습니다. 어머니는 한참이나 가만있다가 오랜 후에야 겨우,

"아멘."

하고 속삭이었습니다.

요새 와서 어머니의 하는 일이란 참으로 알 수가 없는 노릇입니다. 어떤 때는 어머니도 퍽 유쾌하셨습니다. 밤에 때로는 풍금도 타고 또 때로는 찬송가도 부르고 그러실 때에는 나도 너무도 좋아서 가만히 어머니 옆에 앉아서 듣습니다. 그러나 가끔가끔 그 독창•은 소리 없는 울음으로 끝을 맺는 때가 많은데 그런 때면 나도 따라서 울었습니다. 그러면 어머니는 나를 안고 내 얼굴에 돌아가면서 무수히 입을 맞추어 주면서,

"엄마는 옥희 하나문 그뿐이야, 응, 그렇지……."

하시며 언제까지나 언제까지나 우시는 것이었습니다.

어떤 일요일 날, 그렇지요, 그것은 유치원 방학하고 난 그 이튿날이었어요. 그날 어머니는 갑자기 머리가 아프시다고 예배당에를 그만두었습니다. 사랑에서는 아저씨도 어디 나가고 외삼촌도 나가고 집에는 어머니와 나와 단둘이 있었는데 머리가 아프다고 누워 계시던 어머니가 갑자기 나를 부르시더니,

"옥희야, 너 아빠가 보고 싶니?"

독창 … 혼자서 노래를 부름.

하고 물으십니다.

"응, 우리두 아빠가 하나 있으문."

나는 혀를 까불고 어리광을 좀 부려 가면서 대답을 했습니다. 한참 동안을 어머니는 아무 말씀도 아니하시고 천장만 바라보시더니,

"옥희야, 옥희 아버지는 옥희가 세상에 나오기도 전에 돌아가셨단다. 옥희두 아빠가 없는 건 아니지. 그저 일찍 돌아가셨지. 옥희가 이제 아버지를 새로 또 가지면 세상이 욕을 한단다. 옥희는 아직 철이 없어서 모르지만 세상이 욕을 한단다. 사람들이 욕을 해. 옥희 어머니는 화냥년•이다, 이러구 세상이 욕을 해. 옥희 아버지는 죽었는데 옥희는 아버지가 또 하나 생겼대. 참 망측두 하지. 이러구 세상이 욕을 한단다. 그리 되문 옥희는 언제나 손가락질 받구. 옥희는 커두 시집두 훌륭한 데 못 가구. 옥희가 공부를 해서 훌륭하게 돼두, 에 그까짓 화냥년의 딸이라구 남들이 욕을 한단다."

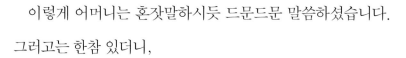

이렇게 어머니는 혼잣말하시듯 드문드문 말씀하셨습니다. 그러고는 한참 있더니,

"옥희야."

하고 또 부르십니다.

화냥년 … '화냥'을 속되게 부르는 말로 자기 남편이 아닌 남자와 정을 통하는 여자.

"응?"

"옥희는 언제나 내 곁을 안 떠나지. 옥희는 언제나 언제나 엄마하구 같이 살자. 옥희는 엄마가 늙어서 꼬부랑할미가 되어두 그래도 옥희는 엄마하구 같이 살지. 옥희가 유치원 졸업하구, 또 소학교● 졸업하구, 또 중학교 졸업하구, 또 대학교 졸업하구, 옥희가 조선서 제일 훌륭한 사람이 돼두 그래두 옥희는 엄마하구 같이 살지, 응! 옥희는 엄마를 얼만큼 사랑하나?"

"이만큼."

하고 나는 두 팔을 짝 벌리어 보였습니다.

"응? 얼만큼? 응! 그만큼! 언제나 언제나, 옥희는 엄마만 사랑하지. 그리고 공부두 잘하구, 그리구 훌륭한 사람이 되구……."

나는 어머니의 목소리가 떨리는 것으로 보아 어머니가 또 울까 봐 겁이 나서,

"엄마, 이만큼, 이만큼."

하면서 두 팔을 짝짝 벌리었습니다.

어머니는 울지 않으셨습니다.

"응, 그래. 옥희 엄마는 옥희 하나문 그뿐이야. 세상 다른 건

소학교 … '초등학교'의 이전 용어.

다 소용없어. 우리 옥희 하나문 그만이야. 그렇지, 옥희야.”

“응!”

어머니는 나를 당기어서 꼭 껴안고 가슴이 막혀 들어올 때까지 자꾸만 껴안아 주었습니다.

그날 밤 저녁밥 먹고 나니까 어머니는 나를 불러 앉히고 머리를 새로 빗겨 주었습니다. 댕기도 새 댕기를 드려 주고, 바지, 저고리, 치마, 모두 새것을 꺼내 입혀 주었습니다.

“엄마, 어디 가?”

하고 물으니까,

“아니.”

하고 웃음을 띠면서 대답합니다. 그러더니 새로 다린 하얀 손수건을 내리어 내 손에 쥐어 주면서,

“이 손수건, 저 사랑 아저씨 손수건인데, 이것 아저씨 갖다 드리구 와, 응. 오래 있지 말구 손수건만 갖다 드리구 이내 와, 응.”

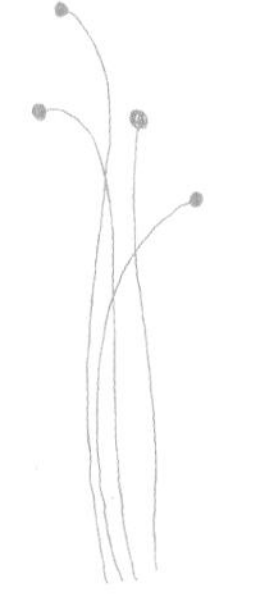

하고 말씀하셨습니다.

손수건을 들고 사랑으로 나가면서 나는 접어진 손수건 속에 무슨 발각발각하는 종이가 들어 있는 것처럼 생각되었습니다마는 그것을 펴 보지 않고 그냥 갖다가 아저씨에게 주었

습니다.

아저씨는 방에 누워 있다가 벌떡 일어나서 손수건을 받는데 웬일인지 아저씨는 이전처럼 나보고 빙그레 웃지도 않고 얼굴이 몹시 파래졌습니다. 그리고는 입술을 질근질근 깨물면서 말 한마디 아니하고 그 수건을 받더군요.

나는 어째 이상한 기분이 들어서 아저씨 방에 들어가 앉지도 못하고 그냥 되돌아서 안방으로 도로 왔지요. 어머니는 풍금 앞에 앉아서 무엇을 그리 생각하는지 가만히 있더군요. 나는 풍금 옆으로 가서 가만히 그 옆에 앉아 있었습니다. 이윽고 어머니는 조용조용히 풍금을 타십니다. 무슨 곡조인지는 몰라도 어째 구슬프고 고즈넉한 곡조야요.

밤이 늦도록 어머니는 풍금을 타셨습니다. 그 구슬프고 고즈넉한 곡조를 계속하고 또 계속하면서.

여러 밤을 자고 난 어떤 날 오후에 나는 오래간만에 아저씨

「불놀이」의 주요한

주요섭의 형인 주요한은 1900년 평양에서 태어났어요. 주요한은 1919년에 시 「불놀이」를 발표했어요. "아아 날이 저문다"로 시작하는 「불놀이」는 음력 4월 초파일에 대동강에서 벌어진 불놀이를 바라보며 느끼는 감흥을 풀어낸 시예요. 식민지의 아픈 현실을 상징적으로 표현해낸 것으로, 서양의 현대시에 영향을 받았어요. 시의 형태가 대담하고 자유로워 한국 근대시 형성에 선구자적 업적을 남겼다고 평가받고 있어요.

방엘 나가 보았더니 아저씨가 짐을 싸느라고 분주하겠지요. 내가 아저씨에게 손수건을 갖다 드린 다음부터는 웬일인지 아저씨가 나를 보아도 언제나 퍽 슬픈 사람, 무슨 근심이 있는 사람처럼 아무 말도 없이 나를 물끄러미 바라다만 보고 있는 고로 나도 그리 자주 놀러 나오지 않았던 것입니다. 그랬었는데 이렇게 갑자기 짐을 꾸리는 것을 보고 나는 놀랐습니다.

"아저씨 어데 가우?"

"응, 멀리루 간다."

"언제?"

"오늘."

"기차 타구?"

"응, 기차 타구."

"갔다가 언제 또 오우?"

아저씨는 아무 대답도 없이 서랍에서 이쁜 인형을 하나 꺼내서 내게 주었습니다.

"옥희, 이것 가져, 응. 옥희는 아저씨 가구 나문 아저씨 이내 잊어버리구 말겠지!"

"아니."

하고 얼른 대답하고 인형을 안고 안으로 들어왔습니다.

"엄마, 이것 봐. 아저씨가 이것 나 줬다우. 아저씨가 오늘 기차 타구 먼 데루 간대."

하고 내가 말했으나 어머니는 대답이 없으십니다.

"엄마, 아저씨 왜 가우?"

"학교 방학했으니깐 가지."

"어디루 가우?"

"아저씨 집으로 가지 어디루 가."

"갔다가 또 오우?"

어머니는 대답이 없으십니다.

"난 아저씨 가는 거 나쁘다."

하고 입을 쫑긋했으나 어머니는 그 말에 대답 않고,

"옥희야, 벽장에 가서 달걀 몇 알 남았나 보아라."

하고 말씀하셨습니다.

나는 깡충깡충 방 안으로 들어갔습니다. 달걀은 여섯 알이 있었습니다.

"여스 알."

하고 나는 소리쳤습니다.

"응, 다 가지고 이리 나오너라."

어머니는 그 달걀 여섯 알을 다 삶았습니다. 그 삶은 달걀

여섯 알을 손수건에 싸 놓고 또 반지[●]에 소금을 조금 싸서 한 귀퉁이에 넣었습니다.

"옥희야, 너 이것 갖다 아저씨 드리구, 가시다가 찻간에서 잡수시랜다구, 응."

그날 오후에 아저씨가 떠나간 다음 나는 방에서 아저씨가 준 인형을 업고 자장자장 잠을 재우고 있었습니다. 어머니가 부엌에서 들어오시더니,

"옥희야, 우리 뒷동산에 바람이나 쐬러 올라갈까?"

하십니다.

"응, 가, 가."

하면서 나는 좋아 덤비었습니다.

잠깐 다녀올 터이니 집을 보고 있으라고 외삼촌에게 이르고 어머니는 내 손목을 잡고 나섰습니다.

"엄마, 나 저, 아저씨가 준 인형 가지고 가?"

"그러렴."

나는 인형을 안고 어머니 손목을 잡고 뒷동산으로 올라갔습니다. 뒷동산에 올라가면 정거장이 뻔히 내려다보입니다.

"엄마, 저 정거장 봐. 기차는 없군."

어머니는 아무 말씀도 없이 가만히 서 계십니다. 사르르 바

반지 … 얇고 흰 일본 종이.

람이 와서 어머니 모시 치맛자락을 산들산들 흔들어 주었습니다. 그렇게 산 위에 가만히 서 있는 어머니는 다른 때보다도 더 한층 이쁘게 보였습니다.

저편 산모퉁이에서 기차가 나타났습니다.

"아, 저기 기차 온다."

하고 나는 좋아서 소리쳤습니다.

기차는 정거장에서 잠시 머물더니 금시에 삑 하고 소리를 지르면서 움직였습니다.

"기차 떠난다."

하면서 나는 손뼉을 쳤습니다. 기차가 저편 산모퉁이 뒤로 사라질 때까지 그리고 그 굴뚝에서 나는 연기가 하늘 위로 모두 흩어져 없어질 때까지, 어머니는 가만히 서서 그것을 바라다보았습니다.

뒷동산에서 내려오자 어머니는 방으로 들어가시더니 이때까지 뚜껑을 늘 열어 두었던 풍금 뚜껑을 닫으십니다. 그러고는 거기 쇠●를 채우고 그 위에다가 이전 모양으로 반짇고리를 얹어 놓으십니다. 그러고는 그 옆에 있는 찬송가를 맥없이 들고 뒤적뒤적하시더니 빼빼 마른 꽃송이를 그 갈피에서 집어내시더니,

쇠 … 자물쇠.

「사랑손님과 어머니」

1935년 〈조광〉에 발표된 단편 소설인 「사랑손님과 어머니」는 '어머니'와 '아저씨' 사이의 미묘한 사랑의 감정과 갈등을 표현한 작품이에요. '어머니'는 젊은 과부로 옥희 아버지의 옛 친구인 '아저씨'에게 사랑의 감정을 가져요. 하지만 사별한 남편에 대한 그리움과 아이에 대한 사랑, 당시의 풍습과 세상 사람들의 눈 때문에 결국 사랑을 이루지 못하는 전형적인 한국 여인이에요. 이를 어린아이의 눈을 통해 섬세하고 선명하게 드러내어 뛰어난 예술성을 가진 작품이라고 할 수 있어요.

"옥희야, 이것 내다 버려라."

하고 그 마른 꽃을 내게 주었습니다. 그 꽃은 내가 유치원에서 갖다가 어머니께 드렸던 그 꽃입니다. 그러자 옆 대문이 삐걱하더니,

"달걀 사소."

하고 매일 오는 달걀장사 노파가 달걀 광주리를 이고 들어왔습니다.

"이젠 우리 달걀 안 사요. 달걀 먹는 이가 없어요."

하시는 어머니 목소리는 맥이 한 푼어치도 없었습니다.

나는 어머니의 이 말씀에 놀라서 떼를 좀 써 보려 했으나 석양에 빤히 비치는 어머니 얼굴을 볼 때 그 용기가 없어지고 말았습니다. 그래서 아저씨가 주신 인형 귀에다가 내 입을 갖다 대고 가만히 속삭이었습니다.

"얘, 우리 엄마가 거짓부리● 썩 잘하누나. 내가 달걀 좋아하는 줄 잘 알문서 생 먹을 사람 없대누나. 떼를 좀 쓰구 싶다만 저 우리 엄마 얼굴을 좀 봐라. 어쩌문 저리두 새파래졌을까?

거짓부리 … '거짓말'을 속되게 이르는 말.

아마 어데가 아픈가 보다.”

라고요.

물레방아

나도향

"어려서부터는 오늘날까지 남을 섬겨 보기만 한 그의 마음은
상전이라면 모두 두려워하는 성질을 깊이깊이 뿌리박아 놓았다.
그러나 오늘부터는 신치규가 자기의 상전이 아니요,
자기가 신치규의 종도 아니다.
다만 똑같은 사람으로 마주 섰을 뿐이다.
아니다, 지금부터는 신치규도 방원의 원수였다.
그의 간을 씹어 먹어도 오히려 나머지 한이 있는 원수다."

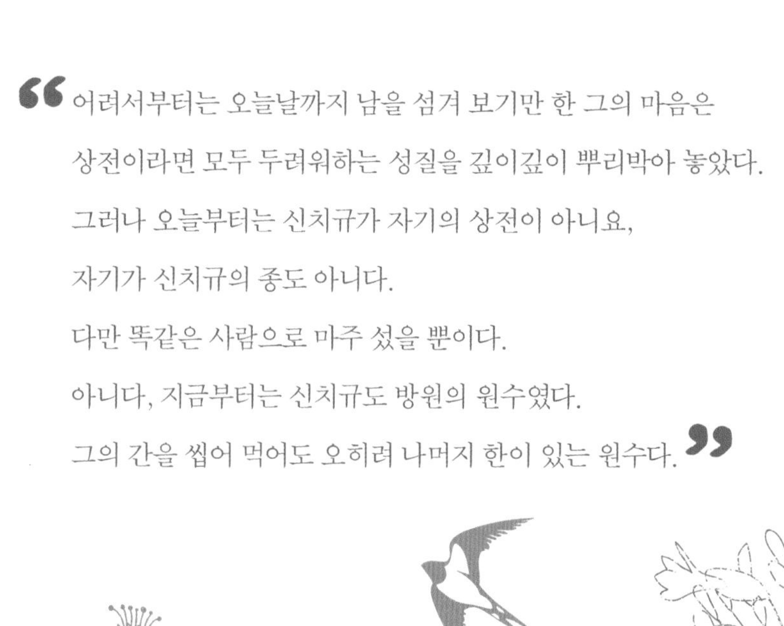

덜컹덜컹 홈통에 들었다가 다시 쏟아져 흐르는 물이 육중한 물레방아를 번쩍 쳐들었다가 쿵 하고 확 속으로 내던질 제 머슴들의 소리는 허연 겨 가루가 켜켜 앉은 방앗간 속에서 청승스럽게 들려 나온다.

솰 솰 솰, 구슬이 되었다가 은가루가 되고 댓줄기 같이 뻗치었다가 다시 쾅쾅 쏟아져 청룡이 되고 백룡이 되어 용솟음쳐 흐르는 물이 저쪽 산모퉁이를 10리나 두고 들고, 다시 이쪽 들 복판을 5리나 꿰뚫은 뒤에 이방원(李芳源)이가 사는 동네 앞 기슭을 스쳐 지나가는데 그 위에 물레방아 하나가 놓여 있다.

물레방아에서 들여다보면 동북간으로 큼직한 한 마을이 있으니 이 마을의 가장 부자요, 가장 세력이 있는 사람으로 이름을 신치규(申治圭)라고 부른다. 이방원이라는 사람은 그 집의 막실(幕室)살이[●]를 하여 가며 그의 땅을 경작하여 자기 아내와 두 사람이 그날그날을 지내 간다.

어떠한 가을밤 유난히 밝은 달이 고요한 이 촌을 한적하게 비칠 때 그 물레방앗간 옆에 어떠한 여자 하나와 남자 하나가

막실살이 … 누추한 집에서 주인집에 기거하면서 사는 생활.

서서 이야기를 하는 소리가 들리었다.

그 여자는 방원의 아내로 지금 나이가 스물두 살, 한참 정열에 타는 가슴으로 가장 행복스러울 나이의 젊은 여자요, 그 남자는 오십이 반이 넘어 인생으로서 살아올 길을 다 살고서 거의 거의 쇠멸의 구렁이를 향하여 가는 늙은이다.

그의 말소리는 마치 그 여자를 달래는 것 같이,

"얘, 내 말이 조금도 그를 것이 없지? 쇤네• 할멈에게도 자세한 말을 들었을 터이지마는 너 생각해 보아라. 네가 허락만 하면 무엇이든지 네가 하고 싶다는 것을 내가 전부 해 줄 터이란 말야. 그까짓 방원이 녀석하고 네가 몇백 년 살아야 언제든지 막실 구석을 면하지 못할 터이니……. 허허, 사람이란 젊어서 호강해 보지 못하면 평생 한번 하여 보지 못하고 죽을 것이 아니냐. 내가 말하는 것이 조금도 잘못하는 것이 없느니라! 대강 너의 말을 쇤네 할멈에게 듣기는 들었으나 그래도 너에게 한번 바로 대고 듣는 것만 못해서 이리로 만나자고 한 것이다. 너의 마음은 어떠냐? 어디 허허, 내 앞이라고 조금도 어떻게 알지 말고 이야기해 봐, 응?"

이 늙은이는 두말할 것 없이 신치규다. 그는 탐욕스러운 눈으로 방원의 계집을 들여다보며 한 손으로 등을 두드린다.

쇤네 … 신분이 낮은 사람이 자기보다 신분이 높은 사람을 상대하여 자기를 낮추어 이르던 말.

새침한 얼굴이 파르족족하고 기다란 눈썹과 검푸른 두 눈 가장자리에 예쁜 입, 뾰로통한 뺨이며 콧날이 오뚝한데다가 후리후리한 키에 떡 벌어진 엉덩이가 아무리 보더라도 무섭게 이지적•인 동시에 또는 창부•형으로 생긴 여자이다.

계집은 아무 말이 없이 서서 짐짓 부끄러운 태를 지으며 매혹적인 웃음을 생긋 웃고는 고개를 돌렸다. 그 웃음이 얼마나 짐승 같은 신치규의 만족을 사게 되었으며, 또한 마음을 충동시켰는지 희끗희끗한 수염이 거의 계집의 뺨에 닿도록 더 가까이 와서,

"응? 왜 대답이 없나? 부끄러워서 그러니? 그렇게 부끄러워할 일은 아닌데."

하고 계집의 손을 잡으며,

"손도 이렇게 예쁜 줄은 이제까지 몰랐구나. 참 분결같다. 이렇게 얌전히 생긴 애가 방원 같은 천한 놈의 계집이 되어 일평생을 그대로 썩는다는 것은 너무 가엾고 아깝지 않느냐. 얘?"

계집은 몸을 돌리려고 하지도 않고 영감이 하는 대로 내버려 두며 눈으로 땅만 내려다보고 섰다가 가까스로 입을 떼는 듯하더니,

이지적 … 용모나 언행에서 이성과 지혜가 풍기는.

창부 … 돈을 받고 몸을 파는 일을 직업으로 하는 여자.

"제 말야 모두 쇤네 할멈이 여쭈었지요. 저에게는 너무 분수에 과한 말씀이니까요."

"온, 천만의 소리를 다 하는구나. 그게 무슨 소리냐. 너도 알다시피 내가 너를 장난삼아 그러는 것도 아니겠고 후사가 없어 그러는 것이니까 네가 내 아들이나 하나 낳아 주렴. 그러면 내 것이 모두 네 것이 되지 않겠니? 자아, 그러지 말고 오늘 허락을 하렴. 그러면 내일이라도 방원이란 놈을 내쫓고 너를 불러들일 터이니."

"어떻게 내쫓을 수가 있어요?"

"허어. 그것이 그리 어려울 것이 무엇 있니. 내가 나가라는데 제가 나가지 않고 배길 줄 아니?"

"그렇지만 너무 과하지 않을까요?"

"무엇, 저런 생각을 하니까 네가 이 모양으로 이때까지 있었지. 어떻단 말이냐? 그런 것은 조금도 염려하지 말구. 자아, 또 네 서방에게 들킬라. 어서 들어가자."

"먼저 들어가세요."

"왜?"

"남이 보면 수상히 알 게요."

"무얼 나하고 가는데 수상히 알 게 무어야. 어서 가자."

계집은 천천히 두어 걸음 따라가다가,

"영감!"

하고 무춤하고 서 있다.

"왜 그러니?"

계집은 다시 말이 없이 서 있다가,

"아니에요."

하고,

"먼저 들어가세요."

하며 돌아선다. 영감이 간이 달아서 계집의 손을 잡으며,

"가자, 집으로 들어가자."

그의 가슴은 두근거리는지 숨소리가 잦아진다. 계집은 손을 빼려 하며,

"점잖으신 어른이 이게 무슨 짓이에요."

하면서도 그의 몸짓에는 모든 것을 허락한다는 뜻이 보였다. 영감은 계집의 몸을 끌어안더니 방앗간 뒤로 돌아섰다. 계집은 영감 가슴에 안겨 정욕이 가득 찬 눈으로 그를 보면서,

"영감."

나도향

나도향은 서울에서 태어났고 본명은 나경손이에요. 1922년 〈백조〉의 창간호에 소설 「젊은이의 시절」을 발표하면서 문단에 등장하였고 이듬해 〈동아일보〉에 장편 「환희」를 연재하면서 열아홉 살의 소년 작가로 주목을 받게 되었어요. 이후 어린 나이임에도 「물레방아」, 「벙어리 삼룡이」, 「뽕」 등 문학성 높은 작품을 많이 써서 천재 작가로 널리 알려졌어요. 하지만 폐병으로 1926년에 25세의 젊은 나이로 세상을 떠났어요.

말 한마디 하고 침 한 번 삼키었다.

"영감이 거짓말은 안 하시지요?"

"아니."

그의 말은 떨리었다. 계집은 영감의 팔을 한 손으로 잡고 또 한 손으로는 방앗간 속을 가리켰다.

"저리로 들어가세요."

영감과 계집은 방앗간에서 이삼십 분 후에 다시 나왔다.

사흘이 지난 뒤에 신치규는 방원이를 자기 집 사랑 마당 앞으로 불렀다.

"얘."

방원은 상전•이라고 고개를 숙이고,

"네."

공손하게 대답을 하였다.

"네가 그간 내 집에서 정성스럽게 일한 것은 고마운 일이지 마는……."

점잔과 주짜를 빼•면서 신치규는 말을 꺼내었다. 방원의 가슴은 이 '마는'이라는 말 뒤에 이어질 말을 미리 깨달은 듯이 온 전신의 피가 가슴으로 모여드는 듯하더니 다시 터럭•이

상전 … 예전에, 종에 상대하여 그 주인을 이르던 말.

주짜 빼다 … '조 빼다'의 관용어. 난잡하게 굴지 않고 짐짓 조촐한 체하다.

터럭 … 사람이나 길짐승의 몸에 난 길고 굵은 털.

라는 터럭은 전부 거꾸로 일어서는 듯하였다.

“오늘부터는 우리 집에 사정이 있어 그러니 내 집에 있지 말고 다른 곳에 좋은 곳을 찾아가 보아라.”

아무 조건도 없다. 또한 이곳에서도 할 말이 없다. 죽으라고 하면 죽는 시늉이라도 해야 하는 것이다. 주인은 돈 가지고 사람을 사고팔 수도 있는 것이다.

방원은 가슴이 답답하였다. 자기 혼자 몸 같으면 어디 가서 어떻게 빌어먹더라도 살 수 있지마는 사랑하는 아내를 구해 갈 길이 막연하다. 그는 고개를 굽히고, 허리를 굽히고, 나중에는 마음을 굽히어 사정도 하여 보고 애걸도 하여 보았다. 그러나 그것은 헛된 일이다. 주인의 마음은 쇠나 돌보다도 더 굳었다.

그는 하는 수 없이 자기 아내에게 그 이야기를 하였다. 그리고 아내더러 안주인 마님께 사정을 좀 하여 얼마간이라도 더 있게 하여 달라고 하여 보라고 하였다. 그러나 아내는 방원의 말을 들을 리가 없었다. 도리어,

“그러면 어떻게 한단 말이오. 이제부터는 나를 어떻게 먹여 살릴 터이오.”

“너는 그렇게도 먹고살 수 없을까 봐 겁이 나니?”

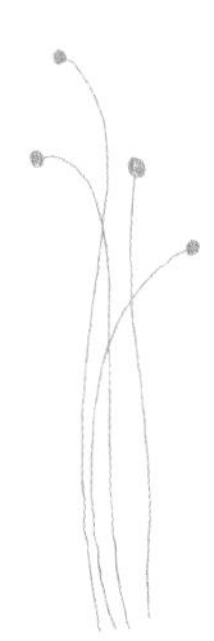

"겁이 나지 않고, 생각을 해 보구려. 인제는 꼼짝할 수 없이 죽지 않았소?"

"죽어?"

"그럼 임자가 나를 데리고 이곳까지 올 때에 무어라고 하였소. 어떻게 해서든지 너 하나야 먹여 살리지 못하겠느냐고 하였지요?"

"그래."

"그래, 얼마나 나를 잘 먹여 살리고 나를 호강시켰소. 이때까지 이때나 되도록 끌구 돌아다닌다는 것이 남의 집 행랑•이었지요."

"얘, 그것을 내가 모르고 하는 말이냐? 내가 하려고 하지 않아서 그렇게 된 것이냐? 차차 살아가는 동안에 무슨 일이든지 생기겠지. 설마 요대로 늙어 죽기야 하겠니?"

"듣기 싫소! 빌 떨어지면 구워 먹지 어느 천 년에."

방원이는 가뜩이나 내어 쫓기고 화가 나는데 계집까지 그러니까 속에서 열화가 치밀어 올라왔다.

"이 육시를 하고도 남을 년! 넌 왜 남의 마음을 글컹거리니?"

"왜 사람에게 욕을 해!"

행랑 … 대문간에 붙어 있는 방. 예전에, 주로 하인이 거처하던 방.

"이년아, 욕 좀 하면 어떠냐?"

"왜 욕을 해!"

계집이 얼굴이 노래지며 대든다.

"이년이 발악인가?"

"누가 발악야. 계집년 하나 건사 못하는 위인이 계집보고 욕만 하고 한 게 무어야? 그래 은가락지 은비녀나 한 벌 사 주어 보았어? 내가 임자 하자고 하는 대로 하지 않은 것은 없지!"

"이년아! 은가락지 은비녀가 그렇게 갖고 싶으냐? 이 더러운 년아."

"무엇이 더러워? 너는 얼마나 정•한 놈이냐!"

계집의 입속에서는 놈 소리가 나오기 시작한다.

"이년 보게! 누구더러 놈이래."

하고 손길이 계집의 낭자를 후려잡더니 그대로 집어 들고 두어 번 주먹으로 등줄기를 후리었다.

"이 주릿대•를 안길 년!"

발길이 엉덩이를 두어 번 지르니까 계집은 그대로 거꾸러졌다가 다시 일어났다. 풀어 헤뜨린 머리가 치렁치렁 끌리고 씰룩한 눈에는 독기가 섞이었다.

정 … 맑고 깨끗하다.

주릿대 … 주리를 트는 데에 쓰는 두 개의 긴 막대기.

"왜 사람을 치니? 이놈! 죽여라 죽여, 어디 죽여 보아라. 이놈, 나 죽고 너 죽자!"

하고 달려드는 계집을 후려쳐서 거꾸러뜨리고서,

"이년이 죽으려고 기를 쓰나!"

방원이가 계집을 치는 것은 그것이 주먹을 가지고 하는 일종의 농담이다. 그는 주먹이나 발길이 계집의 몸에 닿을 때 거기에 얻어맞는 계집의 살이 아픈 것보다 더 찌르르하게 가슴 한복판을 찌르는 아픔을 방원은 깨닫는 것이다. 홧김에 계집을 치는 것이 실상은 자기의 마음을 자기의 이빨로 물어뜯는 것이나 다름이 없는 것이다. 때리는 그에게는 몹시 애처로움이 있고 불쌍함이 있는 것이다. 그러나 자기의 화풀이를 받아 주는 사람은 아직까지도 계집밖에는 없었다. 제일 만만하다는 것보다도 가장 마음 놓고 화풀이할 수 있음이다. 싸움한 뒤, 하루가 못 되어 두 사람이 베개를 나란히 하고 서로 꼭 끼고 잘 때에는 그렇게 고맙고 그렇게 감격이 일어나는 위안이 또다시 없음이다. 계집을 치고 화풀이를 하고 난 뒤에 다시 가슴을 에는 듯한 후회와 더 뜨거운 포옹으로 위로를 받을 그때에는 두 사람 아니라 방원에게는 그만큼 힘 있고 뜨거운 믿음이 또다시 없는 까닭이다.

계집은 일부러 소리를 높여 꺼이꺼이 운다.

온 마을 사람이 거의 귀를 기울였으나,

"응, 또 사랑싸움을 하는군!"

하고 도리어 그 싸움을 부러워하였다. 옆집 젊은것이 와서 싱글싱글 웃으면서 들여다보며,

"인제 고만두라고."

하며 말리는 시늉을 한다. 동네 아이들만 마당 앞에 죽 늘어서서 눈들이 똥그래서 구경을 한다.

그날 저녁에 방원이는 술이 얼근하여 들어왔다. 아까 계집을 차던 마음은 어느덧 풀어지고 술로 홍분된 마음에 그는 계집의 품이 몹시 그리워져서 자기 아내에게 사과를 할 마음까지 생기었다. 본시 사람이 좋고 마음이 약하고 다정한 그는 무식하게 자라난 까닭에 무지한 짓을 하기는 하나 그것은 결코 그의 성격을 말하는 무지함이 아니다.

그는 비척거리면서 집으로 향하는 길에 거습츠레하게• 풀린 눈을 스르르 내리감고 혼잣소리로,

"빌어먹을 놈! 나가라면 나가지 무서운가? 제 집 아니면 살 곳이 없는 줄 아는 게로군! 흥, 되지 않게 다 무엇이냐? 돈만

거습츠레하다 … 졸리거나 술에 취해서 눈이 정기가 풀리고 흐리멍덩하며 거의 감길 듯하다.

있으면 제일이냐? 이놈, 네가 그러다가는 이 주먹맛을 언제든지 볼라. 그대로 곱게 뒈질 줄 아니?"

하고, 개천 하나를 건너뛴 후에, '돈! 돈이 무엇이냐?' 한참 생각하다가,

"에후!"

한숨을 쉬고 나서,

"돈이 사람을 죽이는구나! 돈! 돈! 흥, 사람 나고 돈 났지 돈 나고 사람 났니?"

또 징검다리를 비척비척하고 건넌 뒤에,

"고 배라먹을 년이 왜 고렇게 포달을 부려서 장부의 마음을 긁어 놓아!"

그의 목소리에는 말할 수 없이 다정한 맛이 있었다. 그는 자기 계집을 생각하면 모든 불평이 스러지는 듯이 숙였던 고개를 쳐들어 하늘을 보면서,

"허어, 저도 고생은 고생이지."

하고 다시 고개를 숙인 후,

"내가 너무해. 너무 그럴 게 아닌데."

그는 자기 집에 와서 문고리를 붙잡고 흔들면서,

"얘! 자니! 자?"

그러나 대답이 없고 캄캄하다.

"이년이 어디를 갔어!"

그는 문짝을 깨어져라 하고 닫은 후에 다시 길거리로 나와 그 옆집으로 가서,

"여보 아주머니! 우리 집 색시 어디 갔는지 보았소!"

밥들을 먹는 옆엣집 내외는,

"어디서 또 취했소그려! 얘 어머니가 아까 머리단장을 하더니 저 방아께로 갑디다."

"방아께로?"

"네."

"빌어먹을 년! 방아께로는 무얼 먹으러 갔누!"

다시 혼자 방아를 향하여 가면서 혼자 중얼거린다.

그는 방앗간을 막 뒤로 돌아서자 신치규와 자기 아내가 방앗간에서 나오는 것을 보았다.

"아!"

그는 너무 뜻밖의 일이므로 아무 말도 하지 못하고 그대로

문학 동인지, 〈백조〉

1922년에 창간된 문학 동인지를 말해요. '동인지'란 사상, 취미, 경향 따위가 같은 사람들끼리 모여 편집·발행하는 잡지예요. 〈백조〉는 처음에 나도향, 현진건, 이광수 등이 참여했어요. 여기에는 3·1운동 실패의 절망감에서 오는 애수와 한, 자포자기의 심정이 담긴 작품이 많이 발표되었고, 이러한 분위기는 신경향파 문학이 나타나기 전까지 우리 문학의 지배적인 색채가 되었어요.

한참이나 멀거니 서서 보기만 하였다. 그의 눈에서는 쌍심지가 거꾸로 섰다. 열이 올라와서 마치 주홍을 칠한 듯이 그의 눈은 붉어지고 번개 같은 광채가 번뜩거리었다.

그는 한참이나 사지를 떨었다. 두 이가 서로 맞쳐서 달그락달그락하여졌다. 그의 주먹은 부서질 것 같이 단단히 쥐어졌다. 계집과 신치규는 방원이 와 선 것을 보고서 처음에는 조금 간담이 서늘하여졌으나 다시 태연하게 내려앉혔다. 일이 이렇게 되었으매 할 대로 하라는 뜻이다.

방원은 달려들어서 계집의 팔목을 잡았다. 그리고 이를 악물고 부르르 떨었다.

"나는 네가 이럴 줄은 몰랐다."

계집은,

"무얼 이럴 줄을 몰라?"

하며, 파란 눈으로 흘겨보더니,

"나중에는 별꼴을 다 보겠네. 으레 그럴 줄을 인제 알았나? 놔요! 왜 남의 팔을 잡고 요 모양야. 오늘부터는 나를 당신이 그리 함부로 하지는 못해요! 더러운 녀석 같으니! 계집이 싫다고 그러면 국으로● 물러갈 일이지 이게 무슨 사내답지 못한 일야! 놔요!"

국으로 … 제 생긴 그대로. 자기 주제에 맞게.

팔을 뿌리쳤으나 분노가 전신에 가득 찬 그는 그렇게 쉽게 손을 놓지 않았다.

"얘! 네가 이것이 정말이냐?"

"정말이 아니구 비싼 밥 먹고 거짓말할까?"

"네가 참으로 환장을 하였구나!"

"아니 누구더러 환장을 했대. 온 기가 막혀 죽겠지! 놔요! 놔! 왜 추근추근하게 이 모양야? 놔."

하고서 힘껏 뿌리치는 바람에 계집의 손이 쑥 빠지었다. 계집은 손목을 주무르면서 암상• 맞게 돌아섰다.

이때까지 이 꼴을 멀찍이 서서 보고 있던 신치규는 두어 발자국 나서더니 기침 한 번을 서투르게 하고서,

"얘! 네가 술이 취하였으면 일찍 들어가 자든지 할 것이지 웬 짓이냐? 네 눈깔에는 아무것도 보이는 것이 없단 말이냐? 너희 연놈이 싸우는 것은 너희 연놈이 어디든지 가서 할 일이지 여기 누가 있는지 없는지 눈깔에 보이는 것이 없어?"

짐짓 소리를 높여 호령을 하였다.

"엣, 괘씸한 놈!"

눈깔을 부리었다. 방원은 한참이나 쳐다보고서 말이 없었다. 생각대로 하면 한주먹에 때려눕힐 것이지마는 그래도 그

암상 … 남을 시기하고 샘을 잘 내는 행동.

이광수

소설가 이광수는 1892년 평안북도 정주에서 출생하였고 호는 춘원이에요. 열한 살 때 부모를 잃고 고아로 자랐지만 열네 살에 일본으로 유학하여 공부하였어요. 그리고 1917년 한국 근대 문학 최초의 장편 소설인 『무정』을 연재했어요. 1919년 도쿄 유학생의 '2·8독립 선언서'의 초안을 작성하고 중국 상하이로 망명해 임시 정부에 참가하기도 했어요. 하지만 1939년 이후에는 친일 활동을 하여 많은 비판을 받고 있으며 6·25전쟁 때 납북되었어요. 그는 계몽 의식과 민족주의 사상을 널리 고취시키려는 내용의 작품을 많이 썼어요. 다른 작품으로는 소설 『유정』, 『흙』, 『단종애사』 등이 있어요.

의 머릿속에는 아까까지의 상전이라는 관념이 남아 있었다. 번갯불 같이 그 관념이 그의 입과 팔을 얽어 놓았다. 어려서부터는 오늘날까지 남을 섬겨 보기만 한 그의 마음은 상전이라면 모두 두려워하는 성질을 깊이깊이 뿌리 박아 놓았다. 그러나 오늘부터는 신치규가 자기의 상전이 아니요, 자기가 신치규의 종도 아니다. 다만 똑같은 사람으로 마주 섰을 뿐이다. 아니다, 지금부터는 신치규도 방원의 원수였다. 그의 간을 씹어 먹어도 오히려 나머지 한이 있는 원수다.

신치규는 똑바로 쳐다보는 방원을 마주 쳐다보며,

"똑바루 보면 어쩔 터이냐? 온 세상이 망하려니까 별 해괴한 일이 다 많거든. 어째 이놈아!"

"이놈아?"

방원은 한 걸음 들어섰다. 나무같이 힘센 다리가 성큼 하고 나설 때 신치규는 머리끝이 으쓱하였다. 쇠몽둥이 같은 두 주먹이 쑥 앞으로 닥칠 때 그의 가슴은 덜컥 내려앉았다.

"네 입에서 이놈아, 라는 소리가 나오지? 이 사지를 찢어발겨도 오히려 시원치 못할 놈아! 네가 내 계집을 뺏으려고 오늘 날더러 나가라고 그랬지?"

"어허, 이거 그놈이 눈깔이 뻬었군. 얘, 나는 먼저 들어가겠다. 너는 네 서방하고 나중 들어오너라!"

신치규는 형세가 위험하니까 슬금슬금 꽁무니를 빼려고 돌아서서 들어가려 하니까 방원은 신치규의 멱살을 잔뜩 쥐어 한 팔로 바싹 치켜들고,

"이놈 어디를 가? 네가 이때까지 맛을 몰랐구나?"

하며, 한 번 집어 쳐 땅바닥에다가 태질을 한 뒤에 그대로 타고 앉아서 목줄띠•를 누르니까, 마치 뱀이 개구리 잡아먹을 적 모양으로 깩깩 소리가 나며 말 한마디도 못한다.

"이놈, 너 죽고 나 죽으면 고만 아니냐?"

하고 방원은 주먹으로 사정없이 닥치는 대로 들어 팬다. 나중에는 주먹이 부족하여 옆에 있는 모루돌멩이를 집어서 죽어라 하고 내리친다. 그의 팔, 그의 온몸에는 끓어오르는 분노가 극도에 달하자 사람의 가슴속에 본능적으로 숨어 있는

목줄띠 … 목에 있는 힘줄.

잔인성이 조금도 남지 않고 그대로 나타났다. 그의 눈은 마치 펄떡펄떡 뛰는 미끼를 가로차고 앉은 승냥이나 이리와 같이 뜨거운 피를 보고야 만족하다는 듯이 무섭게 번쩍거렸다. 그에게는 초자연의 무서운 힘이 그의 팔과 다리에 올라왔다.

이 꼴을 보는 계집은 무서웠다. 끔찍끔찍한 일이 목전에 생길 것이다. 그의 맥이 풀린 다리는 마음대로 놓여지지 아니하였다.

"아! 사람 살류! 사람 살류!"

적적한 밤중에 쓸쓸한 마을에는 처참한 여자 목소리가 으스스하게 울리었다. 이 소리를 들은 방원은 더욱 힘을 주어서 눈을 딱 감고 죽어라 내리 짓찧었다. 뼈가 돌에 맞는 소리가 살이 얼크러지는 소리와 함께 퍽퍽 하였다. 피 묻은 돌이 여기저기 흩어지고 갈가리 찢긴 옷에는 살점이 묻었다.

동네편 쪽에서 수군수군하더니 구두 소리가 나며 칼 소리가 덜거덕거리었다. 방원의 머리에는 번갯불 같이 무엇이 보이었다. 그의 손에 주먹을 쥔 채 잠깐 정신을 차려 그쪽으로 귀를 기울였다.

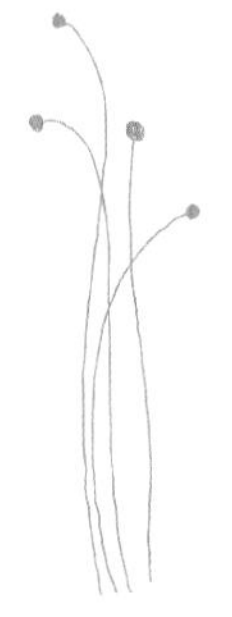

"순검……."

그는 신치규의 배를 타고 앉아서 순검의 구두 소리를 듣자 비로소 자기가 무슨 짓을 하였는지 깨달았다.

그는 미친 사람처럼 일어났다. 그리고는 옆에 서서 벌벌 떠는 계집에게로 갔다.

"얘! 가자! 도망가자! 너하고 나하고 같이 가자! 자! 어서, 어서!"

계집은 자기에게 또 무슨 일이 있을까 하여 겁을 내어 도망을 하려 한다. 방원은 계집을 따라가며,

"얘! 얘! 네가 이렇게도 나를 몰라주니? 내가 너를 어떻게 생각하는지 알지를 못하니? 자! 어서, 도망가자, 어서, 어서 뒤에서 순검이 쫓아온다."

계집은 그대로 서서 종종걸음을 치며,

"싫소! 임자나 가구려. 나는 싫어요, 싫어."

"가자! 응! 가!"

그는 미친 사람처럼 계집의 팔을 붙잡고 끌었다. 그때 누구인지 그의 두 팔을 마치 형틀에 매다는 것 같이 꽉 뒤로 끼어 안는 사람이 있었다.

"이놈아! 어디를 가!"

그는 뒤를 돌아보지 않고도 그가 누구인지 알았다. 그는 온 전신에 맥이 풀리어 그대로 뒤로 자빠지려 할 때 어느덧 널판

같은 주먹이 그의 뺨을 사정없이 갈겼다.

"정신 차려."

"네."

그는 무의식중에 고개가 숙여지고 말소리가 공손하여졌다. 땅바닥에서는 신치규가 꿈지럭거리며 이리저리 뒹군다. 청승스러운 비명이 들린다.

방원은 포승 지인 채, 계집은 그대로 주재소로 끌려가고, 신치규는 머슴들이 업어 들였다.

석 달이 지났다. 상해죄•로 감옥에서 복역을 하던 방원은 만기가 되어 출옥을 하였다. 그러나 신치규는 아무 일 없이 자기 집에서 치료하고 방원의 계집을 데려다 산다. 신치규는 온몸이 나은 뒤에 홀로 생각하였다.

'죽는 줄만 알았더니 그래도 이렇게 살아 있으니!'

하고 얼굴에 흠이 진 곳을 만져 보며,

'오히려 그놈이 그렇게 한 것이 나에게는 다행이지. 얼굴이 아프기는 좀 하였으나! 허어, 어떻게 그놈을 떼어 버릴까 하고 그렇지 않아도 걱정을 하던 차에 잘되었지. 그놈 한 10년 감옥에서 콩밥을 먹었으면 좋겠다.'

상해죄 … 폭행 또는 그 밖의 행위로 일부러 남의 몸에 상처를 입힘으로써 성립하는 범죄.

방원은 감옥에서 생각하기를, 나가기만 하면 연놈을 죽여 버리고 제가 죽든지 요절을 내리라 하였다.

집에서 내어 쫓기고 계집까지 빼앗기고, 그것을 생각하면 이가 갈리고 치가 떨리었다. 그것이 모두 자기가 돈 없는 탓인 것을 생각하매 더욱 분한 생각이 났다.

"에 더러운 년."

그는 홍바지에 쇠사슬을 차고서 일을 할 때에도 가끔 침을 땅에다 뱉으면서 혼자 중얼거렸다.

"사람이 이러고서야 살아서 무엇하나. 멀쩡한 놈이 계집 빼앗기고 생으로 콩밥까지 먹으니……."

그가 감옥에서 나올 때에는 감옥소를 다시 한 번 돌아보고, 내가 여기서 마지막으로 목숨을 잃어버리든지 그렇지 않으면 내가 내 손으로 내 목을 찔러 죽든지, 무슨 요절이 날 것을 생각하고, 다시 온몸에 힘을 주고 쓸쓸한 웃음을 웃었다.

전지적 작가 시점

'전지적 작가 시점'은 1인칭 주인공 시점, 1인칭 관찰자 시점과는 달리 작품 등장인물이 아닌 서술자가 사건을 독자에게 전달하는 형태예요. '전지적'이라는 말은 사물과 현상의 모든 것을 다 안다는 뜻으로, 전지적 작가 시점의 서술자는 등장인물의 생각과 행동의 이유까지도 알고 있어요. 「물레방아」도 전지적 작가 시점의 소설로, '이방원이라는 사람은 그 집의 막실(幕室)살이를 하여 가며 그의 땅을 경작하여 자기 아내와 두 사람이 그날그날을 지내 간다' 등의 부분에서 그 모습을 찾을 수 있어요.

그는 200리나 되는 길을 걸어서 계집이 사는 촌에를 왔다. 그러나 아무도 그를 아는 척하는 사람이 없었다. 전에 친하게 지내던 사람들도 그를 보고 피해 갔다.

마치 문둥병자•나 마찬가지 대우를 하였다. 감옥에서 나온 뒤로부터는 더욱이 세상이 차디차졌다. 자기가 상상하던 것보다도 더 무정하여졌다. 그는 하는 수 없이 밤이 될 때까지 그 근처 산속으로 돌아다녔다. 그래서 깊은 밤에 촌으로 내려왔다. 그는 방앗간을 다시 지나갔다. 석 달 전 생각이 났다. 자기가 여기서 잡혀갔다는 것을 생각할 때 더욱 억울하고 분한 생각이 치밀어 올랐다. 그는 한참이나 거기 서서 그때 일을 생각하고 몸서리를 친 후에 다시 그전 집을 찾아갔다.

날이 몹시 추워지고 눈이 쌓였다. 옷은 입은 것이 가을에 입고 감옥에 들어갔던 그것이므로 살을 에는 듯한 것이로되 그는 분한 생각과 흥분된 마음에 그것도 몰랐다.

'연놈을 모두 처치해 버려?' 혼자 속으로 궁리를 하다가 '그렇지, 그까짓 것들은 살려 두어 쓸데없는 인생들이야' 하면서 옆구리에 지른 기름한 단도를 다시 만져 보았다. 그는 감격스런 마음으로 그것을 쓰다듬었다.

그는 신치규의 집 울을 넘어 들어갔다. 그의 발은 전에 다

문둥병자 … 나병균에 의해 감염되는 만성 전염병인 '나병'에 걸린 환자를 낮잡아 이르는 말.

닐 적같이 익숙하였다. 그는 사랑을 엿보고 다시 뒤로 돌아서 건넌방 창 밑에 와 섰다. 귀를 기울였으나 아무 말도 들리지 않았다. 그는 손에 칼을 빼들었다. 그리고는 일부러 뒤 창문을 달각달각 흔들었다.

"그 뉘?"

하고 계집의 머리가 쑥 나오며 문이 열리었다. 그는 얼른 비켜섰다. 문은 다시 닫히고 계집은 들어갔다.

방원의 마음은 이상하게 동요가 되었다. 예쁜 계집의 목소리가 오래간만에 귀에 들릴 때, 마치 자기가 감옥에서 꿈을 꿀 적 모양으로 요염하고도 황홀하게 그의 마음을 꾀는 것 같았다. 그는 꿈속에서 다시 만난 것 같고 오래간만에 그를 만나 보매 모든 결심은 얼음같이 녹는 듯하였다. 그래도 계집이 설마 나를 영영 잊어버리랴 하고 옛날의 정리를 생각할 때 그것이 거짓말이 아니고 무엇이랴는 생각이 났다.

아무리 자기를 감옥에까지 가게 하였다 하더라도 그는 감히 칼을 들어 죽이려는 용기가 단번에 나지 않아서 주저하기 시작하였다.

'아니다, 다시 한 번만 물어보자!' 그는 들었던 칼을 다시 집고 생각하였다. '거짓말이다. 거짓말이다! 그럴 리가 없다.' 그

는 반신반의하였다. '그렇다. 한 번만 다시 물어보고 죽이든 살리든 하자!'

그는 다시 문을 달각달각하였다. 계집은 이번에 다시 문을 열고 사면을 둘러보더니 헌 짚신짝을 신고 나왔다.

"뉘요?"

그는 방원이 서 있는 길모퉁이를 돌아서려 할 제,

"내다!"

하고 입을 틀어막고 칼을 가슴에 대었다.

"떠들면 죽어!"

방원은 계집의 입을 수건으로 틀어막고 결박을 한 후 들쳐 업고서 번개같이 달음질하였다. 그는 어느 결에 계집을 업어다가 물레방아 앞에 내려놓은 후 결박을 풀었다. 그리고 한숨을 쉬었다.

"나를 모르겠니?"

캄캄한 그믐밤에 얼굴을 바짝 계집의 코앞에 들이대었다. 계집은 얼굴을 자세히 보더니,

"아!"

소리를 지르더니 뒤로 물러섰다.

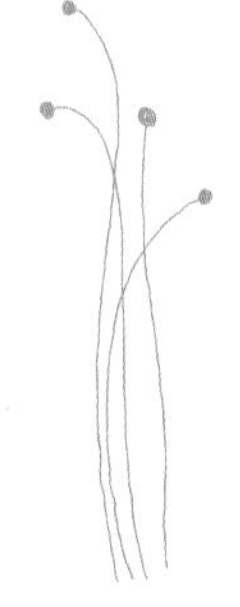

"조금도 놀랄 것이 없다. 오늘 네가 내 말을 들으면 살려 줄

것이요, 그렇지 않으면 이것이야!"

하고 시퍼런 칼을 들이대었다. 계집은 다시 태연하게,

"말요? 임자의 말을 들으렬 것 같으면 벌써 들었지요, 이때까지 있겠소? 임자도 남의 마음을 알 거요. 임자와 나와 2년 전에 이곳으로 도망해 올 적에도 전 남편이 나를 죽이겠다고 허리를 찔러 그 흠이 있는 것을 날마다 밤에 당신이 어루만지었지요? 내가 그까짓 칼쯤을 무서워서 나 하고 싶은 것을 못한단 말이오? 힝, 이게 무슨 비겁한 짓이오, 사내자식이. 자! 찌르려거든 찔러 보아요. 자, 자."

계집은 두 가슴을 벌리고 대들었다. 방원은 너무 계집의 태도가 대담하므로 들었던 칼을 도리어 움찔할 만큼 기가 막혔다. 그는 무의식중에,

"정말이냐?"

하고 한 걸음 더 가까이 나섰다.

"정말이 아니고? 내가 비록 여자이지마는 당신 같이 겁쟁이는 아니라오! 이것이 도무지 무엇이오?"

계집은 그래도 두려웠던지 방원의 손에 든 칼을 뿌리쳐 땅에 떨어뜨렸다.

이 칼이 땅에 떨어지자 방원은 이때까지 용사•와 같이 보

용사 … 용맹스러운 사람.

이던 계집이 몹시 비겁스럽고 더러워 보이어 다시 칼을 집어 들고 덤비었다.

"에잇! 간사한 년! 어쩔 터이냐? 나하고 당장에 멀리 가지 않을 터이냐? 자아, 가자!"

그는 눈물이 어린 눈으로 타일러 보기도 하고 간청도 하여 보았다.

"자아, 어서 옛날과 같이 나하고 멀리멀리 도망을 가자! 나는 참으로 나의 칼로 너를 죽일 수는 없다!"

계집의 눈에는 독이 올라왔다. 광채가 어두운 밤에 번개같이 번쩍거리며,

"싫어요. 나는 죽으면 죽었지 가기는 싫어요. 이제 나는 고만 그렇게 구차하고 천한 생활을 다시 하기는 싫어요. 고만 물렸어요."

"너의 입으로 정말 그런 말이 나오느냐? 너는 나를 우리 고향에 다시 돌아가지도 못하게 만들어 놓고 나의 모든 것을 다 잃어버리게 한 후에 또 나중에는 세상에서 지옥이라고 하는 감옥소에까지 가게 하였지! 그러고도 나의 맨 마지막 원을 들어주지 않을 터이냐?"

"나는 언제든지 당신 손에 죽을 것까지도 알고 있소! 자! 오

늘 죽으나 내일 죽으나 언제든지 죽기는 일반, 이렇게 된 이상 나를 죽이시오."

"정말이냐? 정말이야?"

"정말요!"

계집은 결심한 뜻을 나타내었다. 방원의 손은 떨리었다. 그리고 그는 눈을 꼭 감고,

"에, 여우같은 년!"

하고 칼끝을 계집의 옆구리를 향하고 힘껏 내밀었다. 계집은 이를 악물고,

"사람 죽인다!"

소리 한 번에 그 자리에 거꾸러졌다. 칼자루를 든 손이 피가 몰리는 바람에 우루루 떨리더니 피가 새어 나왔다. 방원은 그 칼을 빼어들더니 계집 위에 거꾸러져서 가슴을 찌르고 절명하여 버렸다.

「물레방아」

1925년 〈조선문단〉에 발표한 단편 소설 「물레방아」는 가진 자와 못 가진 자 사이의 갈등과 대립을 그리는 듯하지만, 이면적으로는 인간과 인간의 갈등이 모든 비극의 원인이라는 것을 그린 작품이에요. 「물레방아」의 갈등은 '가난'이 주는 인간성의 타락에서 시작돼요. 가난에 못 이겨 '방원의 아내'는 '방원'에게 등을 돌리고, 결국 죽음에까지 이르러요. 또한 작품 전체의 중요한 배경이 되는 '물레방아'는 농촌이라는 향토적인 느낌과 더불어 부정한 밀회의 장소이자 운명의 수레바퀴와도 같은 인생의 덧없음을 나타내는 소재로 결국에는 모든 것이 끝나는 장소로 사용되고 있어요.

화수분

전영택

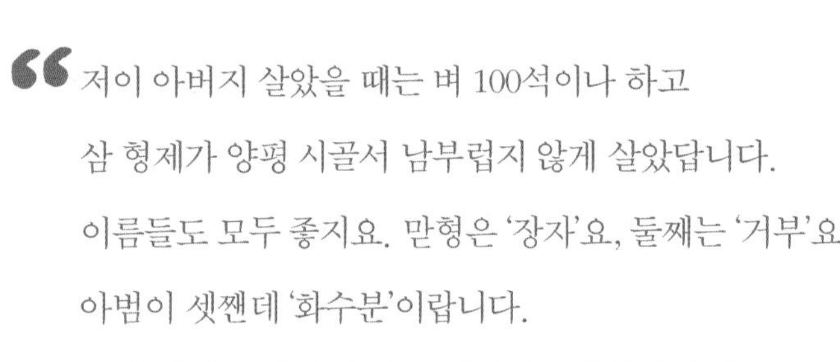

“저이 아버지 살았을 때는 벼 100석이나 하고
삼 형제가 양평 시골서 남부럽지 않게 살았답니다.
이름들도 모두 좋지요. 맏형은 ‘장자’요, 둘째는 ‘거부’요,
아범이 셋짼데 ‘화수분’이랍니다.
그런 것이 제가 간 후부터 시아버님이 돌아가시고,
그리고 맏아들이 죽고 농사 밑천인 소 한 마리를 도적맞고 하더니,
차차 못살게 되기 시작해서 종내 저렇게 거지가 되었답니다.”

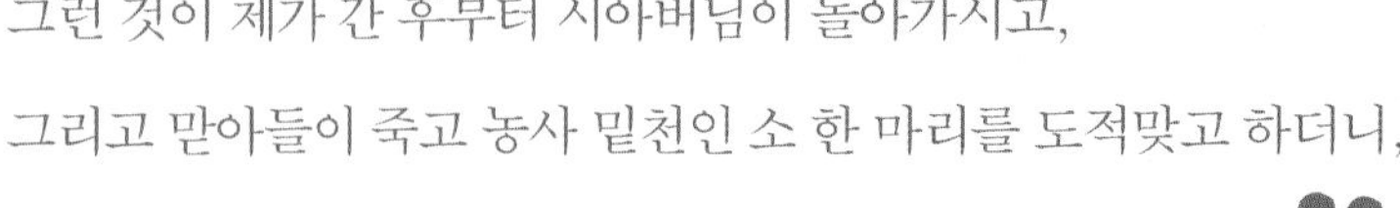

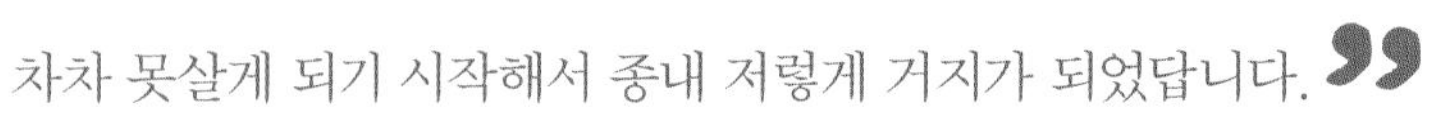

1

첫겨울 추운 밤은 고요히 깊어 간다. 뒤뜰 창 바깥에 지나가는 사람 소리도 끊어지고 이따금 찬바람 부는 소리가 휙, 우수수 하고 바깥의 춥고 쓸쓸한 것을 알리면서 사람을 위협하는 듯하다.

"만주노 호야 호오야."

길게 그리고도 힘없이 외치는 소리가 보지 않아도 추워서 수그리고 웅크리고 가는 듯한 사람이 몹시 처량하고 가엾어 보인다. 어린애들은 모두 잠들고 학교 다니는 아이들의 눈에 졸음이 잔뜩 몰려서 입으로만 소리를 내어 글을 읽는다. 나는 누워서 손만 내놓아 신문을 들고 소설을 보고, 아내는 이불을 들쓰고 어린애 저고리를 짓고 있다.

"누가 우나?"

일하던 아내가 말하였다.

"아니야요. 그 절름발이가 지나가며 무슨 소리를 지껄이면서 그러나 보아요."

공부하던 애가 말한다. 우리들은 잠시 그 소리를 들으려고

전영택

전영택은 1894년 평양에서 태어났고 1919년 〈창조〉의 동인이 되어 「천치? 천재?」를 발표하면서 작품 활동을 시작했어요. 처음에는 현실을 직시하는 경향의 작품을 썼지만, 작품에 점차 종교적인 색채가 더해졌어요. 다른 작품으로는 『강아지』와 『아버지와 아들』 등이 있어요. 작품 활동 외에 목사로서 성서와 찬송가 번역에도 많은 활동을 하여 공적을 남겼어요. 일제 강점기 말에는 일제의 탄압에 울분을 터뜨리다가 작품 활동을 중단하였으나 8·15광복 이후 다시 작품 활동을 시작했어요. 조만식 등과 함께 조선민주당을 창당하여 정치활동을 하였고 1968년 세상을 떠났어요.

귀를 기울였으나, 다시 각각 그 하던 일을 계속하여 다시 주의도 하지 아니하였다. 그러다가 우리는 모두 잠이 들어 버렸다.

나는 자다가 꿈결같이 으으으으으으 하는 소리를 들었다. 잠깐 잠이 반쯤 깨었으나 다시 잠들었다. 잠이 들려고 하다가 또 깜짝 놀라서 깨었다. 그리고 아내에게 물었다.

"저게 누가 울지 않소?"

"아범이구려."

나는 벌떡 일어나서 귀를 기울였다. 과연 아범의 우는 소리다. 행랑에 있는 아범의 우는 소리다.

'어찌하여 우는가. 사나이가 어찌하여 우는가. 자기 시골서 무슨 슬픈 상사의 기별을 받았나? 무슨 원통한 일을 당하였나?'

나는 생각하였다. 어이어이 느껴 우는 소리를 들으면서 아내에게 물었다.

"아범이 왜 울까?"

"글쎄요, 왜 울까요?"

2

아범은 금년 9월에 그 아내와 어린 계집애 둘을 데리고 우리 집 행랑방에 들었다. 나이는 한 서른 살쯤 먹어 보이고 머리에 상투가 그냥 달라붙어 있고, 키가 늘씬하고 얼굴은 기름하고 누르퉁퉁하고, 눈은 좀 큰데 사람이 퍽 순하고 착해 보였다. 주인을 보면 어느 때든지 그 방에서 고달픈 몸으로 밥을 먹다가도 얼른 일어나서 허리를 굽혀 절한다. 나는 그것이 너무 미안해서 그러지 말라고 이르려고 하면서 늘 그냥 지내었다. 그 아내는 키가 자그마하고 몸이 똥똥하고, 이마가 좁고, 항상 입을 다물고 아무 말이 없다. 적은 돈은 회계•할 줄을 알아도 '원'이나 '100냥' 넘는 돈은 회계할 줄을 모른다.

그리고 어멈은 날짜 회계할 줄을 모른다. 그러기에 저 낳은 아이들의 생일을 아범이 그 전날 내일이 생일이라고 일러 주지 않으면 모른다고 한다. 그러나 결코 속일 줄을 모르고, 무슨 일이든지 하라는 대로 하기는 하나 얼른 대답을 시원히 하지 않고, 꾸물꾸물 오래 하는 것이 흠이다. 그래도 아침에는

회계 … 나가고 들어오는 돈을 따져서 셈을 함.

일찍이 일어나서 기름을 발라 머리를 곱게 빗고, 빨간 댕기를 드려 쪽을 찌고 나온다.

그들에게는 지금 입고 있는 단벌 홑옷과 조그만 냄비 하나밖에 아무것도 없다. 세간●도 없고, 물론 입을 옷도 없고 덮을 이부자리도 없고, 밥 담아 먹을 그릇도 없고 밥 먹을 숟가락 한 개가 없다. 있는 것이라고는 보기 싫게 생긴 딸 둘과 작은 애를 업는 홑누더기와 띠, 아범이 벌이하는 지게가 하나 이것뿐이다. 밥은 우선 주인집에서 내어 간 사발과 숟가락으로 먹고, 물은 역시 주인집 어린애가 먹고 비운 가루 우유통을 갖다가 떠먹는다.

아홉 살 먹은 큰 계집애는 몸이 좀 뚱뚱하고 얼굴은 컴컴한데, 이마는 어미 닮아서 좁고, 볼은 애비 닮아서 축 늘어졌다. 그리고 이르는 말은 하나도 듣는 법이 없다. 그 어미가 아무리 욕하고 때리고 하여도 볼만 부어서 까딱없다. 도리어 어미를 욕한다. 꼭 서서 어미보고 눈을 부르대고 "조 깍쟁이가 왜 야단이야" 하고 욕을 한다. 먹을 것이 생기면 자식 먹이고 남편 대접하고, 자기는 늘 굶는 어미가 헛입● 노릇이라도 하는 것을 보게 되면, "저 망할 계집년이 무얼 혼자만 처먹어?" 하고 욕을 한다. 다만 자기 어미나 아비의 말을 아니 들을 뿐 아

세간 … 집안 살림에 쓰는 온갖 물건.

헛입 … 쓸데없이 열었다 다물었다 하는 입.

니라, 주인마누라나 주인 나리가 무슨 말을 일러도 아니 듣는다. 먼 데 있는 것을 가까이 오게 하려면 손수 붙들어 와야 하고 가까이 있는 것을 비키게 하려면 붙들어다 치워야 한다.

다음에 작은 계집애는 돌을 지나 세 살 먹은 것인데, 눈이 커다랗고 입술이 삐죽 나오고, 걸음은 겨우 빼뚤빼뚤 걷는다. 그러나 여태 말도 도무지 못하고, 새벽부터 하루 종일 붙들어 매어 끌려가는 돼지 소리 같은 크고 흉한 소리를 내어 울어서 해를 보낸다.

울지 않는 때라고는 먹는 때와 자는 때뿐이다. 그러나 먹기는 썩 잘 먹는다. 먹을 것이라고 눈앞에 보이기만 하면 죄다 빼앗아다가 두 다리 사이에 넣고, 다리와 팔로 웅크리고 옹옹 소리를 내면서 혼자서 먹는다. 그렇게 심술 사나운 큰 계집애도 다 빼앗기고 졸연●해서 얻어먹지 못한다. 이렇기 때문에 작은 것은 늘 어미 뒷잔등에 업혀 있다. 만일 내려놓아 버려두면 그냥 땅바닥을 벗은 몸으로 두 다리를 턱 내뻗치고, 묶여 가는 돼지 소리로 동리가 요란하도록 냅다 지른다.

그래서 어멈은 밤낮 작은 것을 업고 큰 것과 싸움을 하면서 얻어먹지도 못하고, 물 긷고 걸레질 치고 빨래하고 서서 돌아간다. 작은 것에게는 젖을 먹이고, 큰 것의 욕을 먹고 성화●

졸연 … 갑작스럽게.

성화 … 몹시 귀찮게 구는 일.

받고, 사나이에게 웅얼웅얼하는 잔말을 듣는다. 밥 지을 쌀도 없는데 밥 안 짓는다고 욕을 한다. 그리고 아범은 밝기도 전에 지게를 지고 나갔다가 밤이 어두워서 들어오지만, 하루에 두 끼니를 못 끓여 먹고, 대개는 벌이가 없어서 새벽에 나갔다가도 오정● 때나 되면 일찍 들어온다. 들어와서는 흔히 잔다. 이런 때에는 온종일 그 이튿날 아침까지 굶는다. 그때마다 말없던 어멈이 옹알옹알 바가지 긁는 소리가 들린다. 어멈이 그 애들 때문에 그렇게 애쓰고, 그들의 살림이 그렇게 어려운 것을 보고, 나는 이따금 이렇게 생각하였다.

아내에게 말도 한다.

"저 애들을 누구를 주기나 하지."

위에 말한 것은 아범과 그 식구의 대강한 정형이다. 그러나 밤중에 그렇게 섧게● 운 까닭은 무엇인가?

3

그 이튿날 아침이다. 마침 일요일이기 때문에 내게는 한가한 틈이 있어서 어멈에게서 그 내용을 들을 기회가 있었다.

"지난밤에 아범이 왜 그렇게 울었나?"

오정 … 낮 열두 시. 정오.

섧다 … 서럽다.

하는 아내의 말에 어멈의 대답은 대강 이러하였다.

"어멈이 늘 쌀을 팔러 댕겨서 저 뒤의 쌀가게 마누라를 알지요. 그 마누라가 퍽 고맙게 굴어서 이따금 앉아서 이야기도 했어요. 때때로 그 애들을 데리고 어떻게나 지내나 하고 물어요. 그럴 적마다 '죽지 못해 살지요' 하고 아무 말도 아니했어요. 그러는데 한 번은 가니까 큰애를 누구를 주면 어떠냐고 그래요. 그래서 '제가 데리고 있다가 먹이면 먹이고 죽이면 죽이고 하지, 제 새끼를 어떻게 남을 줍니까? 그리고 워낙 못생기고 아무 철이 없어서 에미 애비나 기르다가 죽이더래도 남은 못 주어요. 남이 가져갈 게 못 됩니다. 그것을 데려가시는 댁에서는 길러 무엇합니까. 돼지면 잡아나 먹지요' 하고 저는 줄 생각도 아니 했어요. 그래도 그 마누라는 '어린것이 다 그렇지 어떤가. 어서 좋은 댁에서 달라니 보내게. 잘 길러 시집보내 주신다네. 그리고 젊은이들이 벌어먹고 살아야지. 애들을 다 데리고 있

조만식

8·15광복 후 전영택과 함께 평양에서 조선민주당을 창당하여 통일 운동에 힘썼던 인물인 조만식은 평안남도에서 태어났어요. 호는 고당이고, 일제 강점기부터 우리 민족의 독립을 위해 노력하여 1922년 국산품 애용 운동인 '물산 장려 운동'을 펼치기도 했어요. 그는 간디의 무저항주의와 민족주의에 감명을 받아, 이를 평생의 지표로 삼았다고 해요. 그래서 일제에 불복종하되 비폭력과 무저항을 내세워 민족 자본 육성과 민족 교육 활동에 힘썼어요.

다가 인제 차차 날도 추워 오는데 모두 한꺼번에 굶어 죽지 말고……' 하시면서 여러 말로 대구 권하셔요.

말을 들으니까 그랬으면 좋을 듯도 하기에 '그럼 저의 아범 보고 말을 해 보지요' 했지요. 그랬더니 그 마누라가 부쩍 달라붙어서 '내일 그 댁 마누라가 우리 집으로 오실 터이니 그 애를 데리고 오게' 하셔요. 해서 저는 '글쎄요' 하고 돌아왔지요. 돌아와서 그날 밤에, 그제 밤이올시다. 그제 밤 아니라 어제 아침이올시다. 요새 저는 정신이 하나 없어요. 그래 밤에는 들어와서 반찬 없다고 밥도 안 먹고, 곤해서 쓰러져 자길래 그런 말을 못 하고, 어제 아침에야 그 이야기를 했지요. 그랬더니 '내가 아나, 임자 마음대로 하게그려' 그러고 일어서 지게를 지고 나가 버리겠지요. 그러고는 저 혼자서 온종일 이리저리 생각을 해 보았지요. 아무러나• 제 자식을 남을 주고 싶지는 않지만 어떻게 합니까. 아씨 아시듯이 이제 새끼 또 하나 생깁니다그려. 지금도 어려운데 어떻게 둘씩 셋씩 기릅니까. 그래서 차마 발길이 안 나가는 것을 오정 때나 되어서 데리고 갔지요. 짐승 같은 계집애는 아무런 것도 모르고 따라나서요. 앞서가는 것을 뒤로 보면서 생각을 하니까 어째 마음이 안되었어요."

아무러나 … '아무려나'의 사투리. 아무렇게나 하고 싶은 대로 하라고 승낙할 때 하는 말.

하면서 어멈은 울먹울먹한다. 눈물이 핑 돈다.

"그런 것을 데리고 갔더니 참말 알지 못하는 마누라님이 앉아 계셔요. 그 마누라가 이걸 호떡이라 군밤이라 감이라 먹을 것을 사다 주면서, '나하고 우리 집에 가 살자. 이쁜 옷도 해 주고 맛난 밥도 먹고 좋지. 나하고 가자, 가자' 하시니까 이것은 먹기에 미쳐서 대답도 아니하고 앉았어요."

이 말을 들을 때에 나는 그 계집애가 우리 마루 끝에 서서 우리 집 어린애가 감 먹는 것을 바라보다가, 내버린 감꼭지를 쳐다보면서 집어 가지고 나가던 것이 생각났다.

어멈은 다시 이야기를 이어,

"그래 제가 어쩌나 볼려고, '그럼 너 저 마님 따라가 살련? 나는 집에 갈 터이니' 했더니 저는 본체만체하고 머리를 끄덕끄덕해요. 그래도 미심해서 '정말 갈 테야? 가서 울지 않을 테야?' 하니까, 저를 한번 흘끗 노려보더니 '그래, 걱정 말고 가요' 하겠지요. 하도 어이가 없어서 내버리고 집으로 돌아왔지요. 그러고 돌아와서 저 혼자 가만히 생각하니까, 아범이 또 무어라고 할는지 몰라 어째 안 되었어요. 그래 바삐 아범이 일하러 댕기는 데를 찾아갔지요. 한번 보기나 하랄려고, 염천교 다리로 남대문통으로 아무리 찾아야 있어야지요. 몇 시간

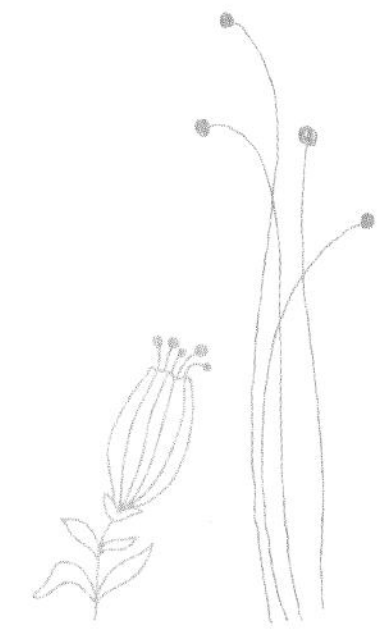

을 애써 찾아댕기다가 할 수 없이 그 댁으로 도루 갔지요. 갔더니 계집애도 그 마누라도 벌써 떠나가 버렸겠지요. 그 댁 마님 말씀이 저녁 여섯 시 차에 광핸지 광한지로 떠났다고 하셔요. 가시면서 보고 싶으면 설 때에나 와 보고 와 살려면 농사짓고 살라고 하셨대요. 그래 하는 수가 있습니까. 그냥 돌아왔지요. 와서 아무 생각이 없어서 아범 저녁 지어 줄 생각도 아니하고 공연히 밖에 나가서 왔다갔다 돌아댕기다가 들어왔지요. 저는 눈물도 안 나요. 그러다가 밤에 아범이 들어왔기에 그 말을 했더니, 아무 말도 아니하고 그렇게 통곡을 했답니다. 여북하면● 제 자식을 꿈에도 보두 못하던 사람에게 주겠어요. 할 수가 없어서 그렇지요. 집에 두고 굶기는 것보다 나을까 해서 그랬지요. 아범이 본래는 저렇게 못살지는 않았답니다. 저이 아버지 살았을 때는 벼 100석이나 하고 삼형제가 양평 시골서 남부럽지 않게 살았답니다. 이름들도 모두 좋지요. 맏형은 '장자'요, 둘째는 '거부'요, 아범이 셋짼데 '화수분'이랍니다. 그런 것이 제가 간 후부터 시아버님이 돌아가시고, 그리고 맏아들이 죽고 농사 밑천인 소 한 마리를 도적맞고 하더니, 차차 못살게 되기 시작해서 종내 저렇게 거지가 되었답니다. 지금도 시골 큰댁엘 가면 굶지나 아니할

여북하다 … 언짢거나 안타까운 마음이다.

것을 부끄럽다고 저러고 있지요. 사내 못생긴 건 할 수가 없어요."

우리는 이제야 비로소 아범이 어제 울던 까닭을 알았고, 이때에 나는 비로소 아범의 이름이 '화수분'인 것을 알았고 양평 사람인 줄도 알았다.

반대되는 말, 반어

'반어'란 어떤 것을 표현할 때 그 효과를 높이기 위해 실제와 반대되는 뜻의 말을 하는 것을 말해요. 예를 들어, 못난 사람을 보고 '정말 잘났어'라고 하는 거예요. 다른 말로는 '아이러니'라고도 해요. 「화수분」에서도 반어를 찾을 수 있어요. 주인공의 이름인 '화수분'은 재물이 계속 나오는 보물단지를 뜻해요. 화수분에 온갖 물건을 담아 두면 끝없이 그 물건이 생겨나 줄어들지 않는다고 해요. 주인공의 아버지가 주인공에게 화수분이라는 이름을 지어 준 것은 돈이 끝없이 쏟아져서 잘 먹고 잘 살라는 의미였어요. 하지만 '화수분'은 가난하게 고생만 하며 살다가 나중에는 얼어 죽고 말아요.

4

그런 지 며칠이 지난 어느 날 아침이다. 화수분은 새 옷을 입고 갓을 쓰고, 길 떠날 행장을 차리고 안으로 들어온다. 그것을 보니까 지난밤에 아내에게서 들은 말이 생각난다. 시골 있는 형 거부가 일하다가 발을 다쳐서 일을 못하고 누워 있기 때문에 가뜩이나 흉년인데다가 일을 못해서 모두 굶어 죽을 지경이니, 아범을 오라고 하나 가 보아야 하겠다는 말을 듣고, 나는 "가 보아야겠군" 하니까, 아내는 "김장이나 해 주고 가야 할 터인데" 하기에, "글쎄, 그럼 그렇게 일르지" 한 일이 있었다. 아범은 뜰에서 허리를 한 번 굽히고 말한다.

"나리, 댕겨 오겠습니다. 제 형이 일하다가 도끼로 발을 찍어서 일을 못하고 누웠다니까 가 보아야겠습니다. 가서 추수나 해 주고는 곧 오겠습니다. 거저 나리 댁만 믿고 갑니다."

나는 어떻게 대답했으면 좋을지 몰라서,

"잘 댕겨 오게."

하였다.

아범은 다시 한 번 절을 하고,

"안녕히 계십시오."

하면서 돌아서 나갔다.

"저렇게 내버리고 가면 어떡합니까? 우리도 살기 어려운데 어떻게 불 때 주고 먹이고 입히고 할 테요? 그렇게 곧 오겠소?"

이렇게 걱정하는 아내의 말을 듣고 나는 바삐 가서 화수분을 불러서,

"곧 댕겨 오게, 겨울을 나서는 안 되네."

하였다.

"암, 곧 댕겨 옵지요."

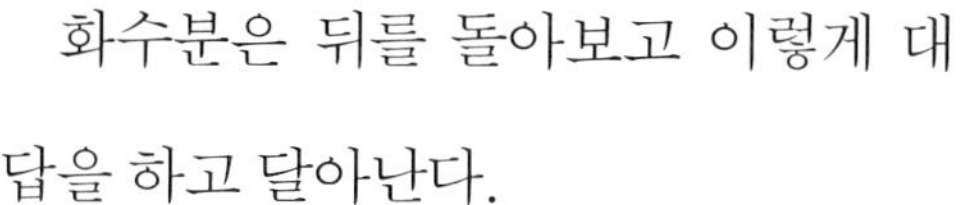

화수분은 뒤를 돌아보고 이렇게 대답을 하고 달아난다.

5

화수분은 간 지 일주일이 되고 열흘이 되고 보름이 지나도 아니 온다. 어멈은 아범이 추수해서 쌀말이나 가지고 돌아오기를 밤낮 기다려도 종내● 오지 아니하였다. 김장때가 다 지나고 입동●이 지나고 정말 추운 겨울이 되었다. 하룻저녁은 바람이 몹시 불고, 그 이튿날 새벽에는 하얀 눈이 펑펑 내려 쌓였다.

아침에 어멈이 들어와서 화수분의 동네 이름과 번지 쓴 종잇조각을 내어 놓으면서 오지 않으면 제가 가겠다고, 편지를 써 달라고 하기에 곧 써서 부쳐까지 주었다.

그 다음 날부터는 며칠 동안 날이 풀려서 꽤 따뜻하였다. 그래도 화수분의 소식은 없다. 어멈은 본래 어린애가 달려서 일을 잘 못하는데다가, 다릿병이 있어 다리를 잘 못 쓰고, 더

다양한 시점이 한꺼번에 나오는 소설

하나의 소설 작품 안에서는 하나의 시점만 사용되기도 하지만, 두서너 개의 시점이 한꺼번에 사용되는 경우도 있어요. 그 대표적인 예가 「화수분」이에요. 이 작품의 전체적인 시점은 1인칭 관찰자 시점이에요. 그렇지만 3장은 1인칭 주인공 시점, 6장은 일부분 전지적 작가 시점이 보여요. 특히 6장의 경우에는 목격자가 있을 수 없는데도 상황을 세밀하게 묘사하고 있어요.

종내 … 끝내.

입동 … 24절기의 하나. 겨울이 시작된다고 하는 시기.

구나 며칠 전에 손가락을 다쳐서 일을 하지 못하는 것을 퍽 미안하게 생각한다.

그리고 추운 겨울에 혼자 살아갈 길이 막연하여•, 종내 아범을 따라 시골로 가기로 결심을 한 모양이다.

"그만, 아씨, 시골로 가겠습니다."

"몇 리나 되나?"

"몇 린지 사나이들은 일찍 떠나면 하루에 간다고 해두, 저는 이틀에나 겨우 갈 걸요."

"혼자 가겠나?"

"물어 가면 가기야 가지요."

아내와 이런 문답이 있은 다음 날, 아침 바람 몹시 불고 추운 날 아침에 어멈은 어린것을 업고 돌아볼 것도 없는 행랑방을 한 번 돌아보면서 아창아창• 떠나갔다.

그날 밤에도 몹시 추웠다. 우리는 문을 꼭꼭 닫고 문틀을 헝겊으로 막고 이불을 둘씩 덮고 꼭꼭 붙어서 일찍 잤다.

나는 자면서 잘 갔나, 얼어 죽지는 않았나 하는 생각이 났다.

화수분도 가고, 어멈도 하나 남은 어린것을 업고 간 뒤에는 대문간은 깨끗해지고 시꺼먼 행랑방 방문은 닫혀 있었다.

막연하다 … 갈피를 잡을 수 없게 아득하다. 뚜렷하지 못하고 어렴풋하다.

아창아창 … 키가 작은 사람이나 짐승이 이리저리 찬찬히 걷는 모양.

그리고 우리 집에는 다시 행랑 사람도 안 들이고 식모도 아니 두었다. 그래서 몹시 추운 날, 아내는 손수 어린것을 등에 지고 이웃집의 우물에 가서 배추와 무를 씻어서 김장을 대강 하였다. 아내는 혼자서 김장을 하면서 눈물을 흘리고 어멈 생각을 했다.

6

김장을 다 마친 어떤 날, 추위가 풀려서 따뜻한 날 오후에, 동대문 밖에 출가해 사는 동생 S가 오래간만에 놀러 왔다. S에게 비로소 화수분의 소식을 듣고 우리는 놀랐다. 그들은 본래 S의 시댁에서 천거•해 보낸 것이다. 그 소식은 대강 이렇다.

화수분이 시골 간 후에, 형 거부는 꼼작 못하고 누워 있기 때문에, 형 대신 겸 두 사람의 일을 하다가 몸이 지쳐 몸살이 나서 넘어졌다. 열이 몹시 나서 정신없이 앓았다. 정신없이 앓으면서도 귀동이(서울서 강화 사람에게 준 큰 계집애)를 부르고 늘 울었다.

"귀동아, 귀동아, 어델 갔니? 잘 있니……."

그러다가는 흐늑흐늑 느끼면서,

천거 … 어떤 일을 맡아 할 수 있는 사람을 그 자리에 쓰도록 소개하거나 추천함.

「화수분」

1925년 〈조선문단〉에 발표된 단편 소설인 「화수분」은 한 가족의 비극 속에서 느껴지는 가족애와 인간 본연의 사랑을 나타낸 작품이에요. 가난한 '화수분' 부부는 일제 강점기 궁핍한 환경 속에서 굶주리다 죽어 가요. 하지만 그 안에서 부부의 체온으로 어린 딸만은 살아남았다는 점에서 인간의 마음 속에 담긴 휴머니즘을 느낄 수 있어요. 비참한 생활을 하는 사람들의 삶이지만, 그 안에도 따뜻한 인간미는 존재한다는 것을 보여 주는 작품이라고 할 수 있어요.

"그렇게 먹고 싶어 하는 사탕 한 알 못 사 주고 연시 한 개 못 사 주고……."

하고 소리를 내어 어이어이 운다.

그럴 때에 어멈의 편지가 왔다. 뒷집 기와집 진사 댁 서방님이 읽어 주는 편지 사연을 듣고,

"아이구 옥분아(작은 계집애 이름), 옥분이 에미!"

하고 또 어이어이 운다. 울다가 펄떡 일어나서 서울서 넝마정•에서 사 입고 간 새 옷을 입고 갓을 썼다. 집안사람들이 굳이 말리는 것을 뿌리치고 화수분은 서울을 향하여 어멈을 데리러 떠났다. 싸리문 밖에를 나가 화수분은 나는 듯이 달아났다.

화수분은 양평서 오정이 거의 다 되어서 떠나서, 해져 갈 즈음해서 100리를 거의 와서 어떤 높은 고개를 올라섰다. 칼날 같은 바람이 뺨을 친다. 그는 고개를 숙여 앞을 내려다보다가, 소나무 밑에 희끄무레한 사람의 모양을 보았다. 그곳을

넝마정 … 넝마장. 낡고 해어져서 입지 못하게 된 옷인 넝마를 파는 장.

곧 달려가 보았다. 가 본즉 그것은 옥분과 그의 어머니다. 나무 밑 눈 위에 나뭇가지를 깔고, 어린것 업은 헌 누더기를 쓰고 한 끝으로 어린것을 꼭 안아 가지고 웅크리고 떨고 있다. 화수분은 왁 달려들어 안았다. 어멈은 눈을 떴으나 말은 못한다. 화수분도 말을 못한다. 어린것을 가운데 두고 그냥 껴안고 밤을 지낸 모양이다.

이튿날 아침에 나무장수가 지나다가, 그 고개에 젊은 남녀의 껴안은 시체와, 그 가운데 아직 막 자다 깨인 어린애가 등에 따뜻한 햇볕을 받고 앉아서, 시체를 툭툭 치고 있는 것을 발견하여 어린것만 소에 싣고 갔다.

B사감과 러브레터

현진건

"이 B사감이 감독하는 그 기숙사에 금년 가을 들어서
괴상한 일이 '생겼다'느니보다 '발각되었다'는 것이 마땅할는지 모르리라.
왜 그런고 하면 그 괴상한 일이 언제 '시작된' 것은 귀신밖에 모르니까.
그것은 다른 일이 아니라 밤이 깊어서 새로 한 점이 되어
모든 기숙생들이 달고 곤한 잠에 떨어졌을 제
난데없는 깔깔대는 웃음과 속살속살하는 낱말이
새어 흐르는 일이었다."

C여학교에서 교원 겸 기숙사 사감 노릇을 하는 B여사라면 딱장대•요 독신주의자요 찰진 야소꾼•으로 유명하다. 40에 가까운 노처녀인 그는 주근깨투성이 얼굴이 처녀다운 맛이란 약에 쓰려도 찾을 수 없을 뿐인가, 시들고 거칠고 마르고 누렇게 뜬 품이 곰팡• 슬은 굴비를 생각나게 한다.

여러 겹 주름이 잡힌 훌렁 벗겨진 이마라든지, 숱이 적어서 법대로 쪽지거나 틀어 올리지를 못하고 엉성하게 그냥 빗겨 넘긴 머리꼬리가 뒤통수에 염소 똥만 하게 붙은 것이라든지, 벌써 늙어 가는 자취를 감출 길이 없었다. 뾰족한 입을 앙다물고 돋보기 너머로 쌀쌀한 눈이 노릴 때엔 기숙생들이 오싹하고 몸서리를 치리만큼 그는 엄격하고 매서웠다.

이 B여사가 질겁을 하다시피 싫어하고 미워하는 것은 소위 '러브레터'였다. 여학교 기숙사라면 으레 그런 편지가 많이 오는 것이지만 학교로도 유명하고 또 아름다운 여학생이 많은 탓인지 모르되 하루에도 몇 장씩 죽느니 사느니 하는 사랑 타령이 날아들어 왔었다. 기숙생에게 오는 사신을 일일이 검토하는 터이니까 그 따위 편지도 물론 B여사의 손에 떨어진다.

딱장대 … 성질이 사납고 굳센 사람. 성질이 온순한 맛이 없이 딱딱한 사람.

야소꾼 … 예전에, 기독교인을 일컫던 말.

곰팡 … 곰팡이.

달짝지근한 사연을 보는 족족 그는 더할 수 없이 흥분되어서 얼굴이 붉으락푸르락, 편지 든 손이 발발 떨리도록 성을 낸다.

아무 까닭 없이 그런 편지를 받은 학생이야말로 큰 재변이었다. 하학•하기가 무섭게 그 학생은 사감실로 불리어 간다. 분해서 못 견디겠다는 사람 모양으로 쌔근쌔근하며 방 안을 왔다 갔다 하던 그는 들어오는 학생을 잡아먹을 듯이 노리면서 한 걸음 두 걸음 코가 맞닿일 만큼 바싹 다가들어서서 딱 마주선다. 웬 영문인지 알지 못하면서도 선생의 기색을 살피고 겁부터 집어먹는 학생은 한동안 어쩔 줄 모르다가 간신히 모기만 한 소리로,

"저를 부르셨어요?"

하고 묻는다.

"그래, 불렀다. 왜!"

팍 무는 듯이 한 마디 하고 나서 매우 못마땅한 것처럼 교의•를 우당퉁탕 당겨서 철썩 주저앉았다가 학생이 그저 서 있는 걸 보면,

"장승이냐? 왜 앉지를 못해!"

하고 또 소리를 빽 지르는 법이었다. 스승과 제자는 조그마한 책상 하나를 새에 두고 마주 앉는다. 앉은 뒤에도,

하학 … 학교에서 그날의 수업을 마침.

교의 … 의자.

'네 죄상을 네가 알지!'

하는 것처럼 아무 말 없이 눈살로 쏘기만 하다가 한참 만에야 그 편지를 끄집어내어 학생의 코앞에 동댕이를 치며,

"이건 누구한테 오는 거냐?"

하고 문초를 시작한다. 앞장에 제 이름이 쓰였는지라,

"저한테 온 것이야요."

하고 대답 않을 수 없다. 그러면 발신인이 누구인 것을 재쳐 묻는다. 그런 편지의 항용으로 발신인의 성명이 똑똑치 않기 때문에 주저주저하다가 자세히 알 수 없다고 내대일 양이면,

"너한테 오는 것을 네가 모른단 말이냐?"

고 불호령을 내린 뒤에 또 사연을 읽어 보라 하여 무심한 학생이 나직나직하나마 꿀 같은 구절을 입술에 올리면 B여사의 역정은 더욱 심해져서 어느 놈의 소위인 것을 기어이 알려 한다. 기실 보도 듣도 못한 남성의 한 노릇이요, 자기에게는

현진건

현진건은 대구에서 1900년에 태어났어요. 1920년 〈개벽〉에 단편 소설을 발표하면서 작품 활동을 시작했어요. 1921년 발표한 「빈처」로 작가로서 인정을 받기 시작했어요. 처음에 그는 서술자가 직접 겪은 일을 이야기하는 듯한 체험 소설을 주로 썼지만 나중에 〈백조〉 동인으로 활동했고 염상섭과 함께 사실주의를 개척한 작가로 인정을 받았어요. 다른 작품으로는 「백조」와 「빈처」 등이 있어요.

아무 죄도 없는 것을 변명하여도 곧이듣지를 않는다. 바른대로 아뢰어야 망정이지 그렇지 않으면 퇴학을 시킨다는 둥, 제 이름도 모르는 여자에게 편지할 리가 만무하다는 둥, 필연 행실이 부정한 일이 있으리라는 둥…….

하다못해 어디서 한 번 만나기라도 하였을 테니 어찌해서 남자와 접촉을 하게 되었냐는 둥, 자칫 잘못하여 학교에서 주최한 음악회나 바자에서 혹 보았는지 모른다고 졸리다 못해 주워 댈 것 같으면 사내의 보는 눈이 어떻더냐, 표정이 어떻더냐, 무슨 말을 건네더냐, 미주알고주알 캐고 파며 어르고 볶아서 넉넉히 십년감수는 시킨다.

두 시간이 넘도록 문초를 한 끝에는 사내란 믿지 못할 것, 우리 여성을 잡아먹으려는 마귀인 것, 연애가 자유이니 신성이니 하는 것도 모두 악마가 지어낸 소리인 것을 입에 침이 없이 열에 떠서 한참 설법•을 하다가 닦지도 않은 방바닥(침대를 쓰기 때문에 방이라 해도 마룻바닥이다)에 그대로 무릎을 꿇고 기도를 올린다. 눈에 눈물까지 글썽거리면서 말끝마다 하나님 아버지를 찾아서 악마의 유혹에 떨어지려는 어린 양을 구해 달라고 되삶고 곱삶는 법이었다.

설법 … 생각하고 있는 바를 말하는 방법.

그리고 둘째로 그의 싫어하는 것은 기숙생을 남자가 면회

하러 오는 일이었다. 무슨 핑계를 하든지 기어이 못 보게 하고 만다. 친부모, 친동기간이라도 규칙이 어떠니, 상학● 중이니 무슨 핑계를 하든지 따돌려 보내기가 일쑤다.

이로 말미암아 학생이 동맹 휴학을 하였고 교장의 설유●까지 들었건만 그래도 버릇은 고치려 들지 않았다.

이 B사감이 감독하는 그 기숙사에 금년 가을 들어서 괴상한 일이 '생겼다'느니보다 '발각●되었다'는 것이 마땅할는지 모르리라. 왜 그런고 하면 그 괴상한 일이 언제 '시작된' 것은 귀신밖에 모르니까.

그것은 다른 일이 아니라 밤이 깊어서 새로 한 점이 되어 모든 기숙생들이 달고 곤한 잠에 떨어졌을 제 난데없는 깔깔대는 웃음과 속살속살하는 낱말이 새어 흐르는 일이었다. 하룻밤이 아니고 이틀 밤이 아닌 다음에야 그런 소리가 잠귀 밝은 기숙생의 귀에 들리기도 하였지만, 잠결이라 뒷동산에 구르는 마른 잎의 노래로나, 달빛에 날개를 번뜩이며 울고 가는 기러기의 소리로나 흘려들었다. 그렇지 않으면 도깨비의 장난이나 아닌가 하여 무시무시한 증●이 들어서 동무를 깨웠다가 좀처럼 동무는 깨지 않고 제 생각이 너무나 어림없고 어이없음을 깨달으면 밤소리 멀리 들린다고 학교 이웃집에서 이야

상학 … 학교에서 그날의 공부를 시작함.

설유 … 말로 타이름.

발각 … 숨기던 것이 드러남.

증 … 증세.

천도교 종합 잡지, 〈개벽〉

〈개벽〉은 3·1운동 직후인 1920년 천도교를 중심으로 발행되기 시작한 월간 종합 잡지예요. 천도교는 조선 말기 최제우가 창시한 동학이 발전된 민족 종교로, 사상의 밑바탕에는 일제에 대한 항쟁이 놓여 있어요. 〈개벽〉도 마찬가지였으므로 창간호부터 압수되는 등 일제의 가혹한 탄압을 받았지만 독자들의 뜨거운 호응을 얻었어요. 그러다 끝내 1926년 강제 폐간을 당했어요. 하지만 당대 주요 작품들이 〈개벽〉을 통해 많이 발표되어 우리 문학의 역사상 중요한 위치를 차지하고 있어요.

기를 하거나 또 딴 방에 자는 제 동무들의 잠꼬대로만 여겨서 스스로 안심하고 그대로 자 버리기도 하였다. 그러나 이 수수께끼가 풀릴 때는 왔다. 이때 공교롭게 한방에 자던 학생 셋이 한꺼번에 잠을 깨었다. 첫째 처녀가 소변을 보러 일어났다가 그 소리를 듣고 둘째 처녀와 셋째 처녀를 깨우고 만 것이다.

"저 소리를 들어 보아요. 아닌 밤중에 저게 무슨 소리야?"

하고 첫째 처녀는 휘둥그레진 눈에 무서워하는 빛을 띤다.

"어젯밤에 나도 저 소리에 놀랐었어. 도깨비가 났단 말인가?"

하고 둘째 처녀도 잠 오는 눈을 비비며 수상해한다. 그중에 제일 나이 많을 뿐더러(많았자 열여덟밖에 아니 되지만) 장난 잘 치고 짓궂은 짓 잘하기로 유명한 셋째 처녀는 동무 말을 못 믿겠다는 듯이 이윽이 귀를 기울이다가,

"딴은 수상한 걸. 나도 언젠가 한번 들어 본 법도 하구먼.

무얼, 잠 아니 오는 애들이 이야기를 하는 게지."

이때에 그 괴상한 소리는 땍대굴 웃었다. 세 처녀는 귀를 소스라쳤다. 적적한 밤 가운데 다른 파동• 없는 공기는 수상한 말마디를 곁에서나 나는 듯이 또렷또렷이 전해 주었다.

"오! 태훈 씨! 그러면 작히 좋을까요."

간드러진 여자의 목소리다.

"경숙 씨가 좋으시다면야 내야 얼마나 기쁘겠습니까. 아아, 오직 경숙 씨에게 바친 나의 타는 듯한 가슴을 이제야 아셨습니까?"

정열에 뜬 사내의 목청이 분명하였다.

한동안 침묵…….

"이제 고만 놓아요. 키스가 너무 길지 않아요? 행여 남이 보면 어떡해요?"

아양 떠는 여자 말씨.

"길수록 더욱 좋지 않아요? 나는 내 목숨이 끊어질 때까지 키스를 하여도 길다고는 못하겠습니다. 그래도 짧은 것을 한하겠습니다."

사내의 피를 뿜는 듯한 이 말끝은 계집의 자지러진 웃음으로 묻혀 버렸다.

파동 … 움직임.

그것은 묻지 않아도 사랑에 겨운 남녀의 허물어진 수작이다. 감금이 지독한 이 기숙사에 이런 일이 생길 줄이야! 세 처녀는 얼굴을 마주보았다. 그들의 얼굴은 놀랍고 무서운 빛이 없지 않았으되 점점 호기심에 번쩍이기 시작하였다. 그들의 머릿속에는 한결같이 로맨틱한 생각이 떠올랐다. 이 안에 있는 여자 애인을 보려고 학교 근처를 되돌고 곱돌던 사내 애인이 타는 듯한 가슴을 걷잡다 못하여 밤이 이슥하기를 기다려 담을 뛰어넘었는지 모르리라.

모든 불이 다 꺼지고 오직 밝은 달빛이 은가루처럼 서리인 창문이 소리 없이 열리며 여자 애인이 흰 수건을 흔들어 사내 애인을 부른지도 모르리라.

활동사진●에 보는 것처럼 기나긴 피륙을 내리워서 하나는 위에서 당기고 하나는 밑에서 매달려 디룽디룽하면서 올라가는 정경이 있었는지 모르리라.

그래서 두 애인은 만나가지고 저와 같이 사랑의 속삭거림에 잦아졌는지 모르리라…… 꿈결 같은 감정이 안개 모양으로 눈부시게 세 처녀의 몸과 마음을 휩싸 돌았다.

그들의 뺨은 후끈후끈 달았다. 괴상한 소리는 또 일어났다.

"난 싫어요. 당신 같은 사내는 난 싫어요."

활동사진 … '영화'의 옛 용어. 움직이는 사진.

이번에는 매몰스럽게 내어 대는 모양.

"나의 천사, 나의 하늘, 나의 여왕, 나의 목숨, 나의 사랑, 나를 살려 주시오, 나를 구해 주어요."

사내의 애를 졸이는 간청…….

"우리 구경 가 볼까?"

짓궂은 셋째 처녀는 몸을 일으키며 이런 제의를 하였다. 다른 처녀들도 그 말에 찬성한다는 듯이 따라 일어섰으되 의아와 공구와 호기심이 뒤섞인 얼굴을 서로 교환하면서 얼마쯤 망설이다가 마침내 가만히 문을 열고 나왔다. 쌀벌레 같은 그들의 발가락은 가장 조심성 많게 소리 나는 곳을 향해서 곰실곰실 기어간다. 컴컴한 복도에 자다가 일어난 세 처녀의 흰 모양은 그림자처럼 소리 없이 움직였다.

소리 나는 방은 어렵지 않게 찾을 수 있었다. 찾고는 나무로 깎아 세운 듯이 주춤 걸음을 멈출 만큼 그들은 놀랐다. 그런 소리의 출처야말로 자기네 방에서 몇 걸음 안 되는 사감실

새로운 결말 형식, 종말 강조 기법

'종말 강조 기법'은 소설에서 결말 부분에 새롭고 놀라운 사실을 보여 주어 독자의 흥미를 높이는 서술 기법이에요. 독자를 소스라치게 깜짝 놀라게 한다는 뜻으로 '경악 강조 기법'이라고도 해요. 대표작으로는 프랑스의 소설가인 모파상의 『진주 목걸이』가 있어요. 「B사감과 러브레터」도 결말 부분을 종말 강조 기법으로 처리해 극적 효과를 주고 있어요.

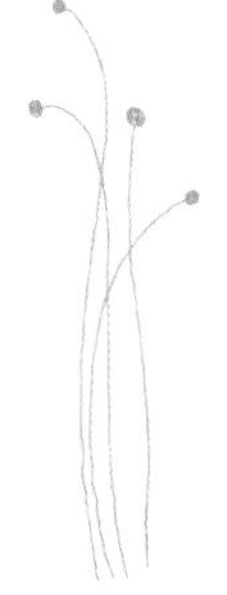

일 줄이야! 그렇듯이 사내라면 못 먹어 하고 침이라도 배앝을 듯하던 B여사의 방일 줄이야! 그 방에 여전히 사내의 비대발괄[•]하는 푸념이 되풀이되고 있다…….

"나의 천사, 나의 하늘, 나의 여왕, 나의 목숨, 나의 애를 말려 죽이실 테요, 나의 가슴을 뜯어 죽이실 테요, 내 생명을 맡으신 당신의 입술로……."

셋째 처녀는 대담스럽게 그 방문을 빠끔히 열었다. 그 틈으로 여섯 눈이 방 안을 향해 쏘았다. 이 어쩐 기괴한 광경이냐! 전등불은 아직 끄지 않았는데 침대 위에는 기숙생에게 온 소위 러브 레터의 봉투가 너저분하게 흩어졌고 그 알맹이도 여기저기 두서없이 펼쳐진 가운데 B여사 혼자—아무도 없이 제 혼자 일어나 앉았다.

누구를 끌어당길 듯이 두 팔을 벌리고 안경을 벗은 근시안[•]으로 잔뜩 한곳을 노리며 그 굴비쪽 같은 얼굴에 말할 수 없이 애원하는 표정을 짓고는 키스를 기다리는 것 같이 입을 쫑긋이 내어 민 채 사내의 목청을 내어 가면서 아까 말을 중얼거린다. 그러다가 그 넋두리가 끝날 겨를도 없이 급작스레 앵돌아서는 시늉을 내며 누구를 뿌리치는 듯이 연해 손짓을 하며 이번에는 톡톡 쏘는 계집의 음성을 지어,

비대발괄 … 억울한 사정을 하소연하면서 간절히 청하여 빎.

근시안 … 시력이 약하여 가까운 데 있는 것은 잘 보아도 먼 데 있는 것은 잘 보지 못하는 눈.

"난 싫어요. 당신 같은 사내는 난 싫어요."

하다가 제 물에 자지러지게 웃는다. 그러더니 문득 편지 한 장을(물론 기숙생에게 온 러브레터의 하나) 집어 들어 얼굴에 문지르며,

"정 말씀이야요? 나를 그렇게 사랑하셔요? 당신의 목숨같이 나를 사랑하셔요? 나를, 이 나를."

하고 몸을 추스르는데 그 음성은 분명히 울음의 가락을 띠었다.

"에그머니, 저게 웬일이야!"

첫째 처녀가 소곤거렸다.

"아마 미쳤나 보아, 밤중에 혼자 일어나서 왜 저러고 있을꾸."

둘째 처녀가 맞방망이를 친다…….

"에그 불쌍해!"

하고 셋째 처녀는 손으로 고인 때 모르는 눈물을 씻었다.

「B사감과 러브레터」

1925년 〈조선문단〉에 발표된 단편 소설 「B사감과 러브레터」는 마흔에 가까운 못생긴 노처녀를 주인공으로 하여 인간의 이중적이고 위선적인 모습을 풍자한 작품이에요. 'B사감'은 겉으로는 남자를 혐오하는 척하지만 속으로는 이성을 누구보다 원하고 있어요. 그 결과 작품 전체적으로 'B사감'은 풍자의 대상이 되며, 기괴한 행동이 들통나 결국에는 동정심까지 불러일으키게 돼요. 「B사감과 러브레터」는 인간성을 깊이 있게 들여다본 뛰어난 작품이에요.

옥상의 민들레꽃

박완서

" 나는 알고 있기 때문입니다.

베란다에서 떨어져 그만 살고 싶은 마음을

돌이킬 수 있는 건 쇠창살이 아니라 민들레꽃이라는 걸

나만이 알고 있기 때문입니다.

게다가 나는 이걸 어른들처럼 머릿속으로만 떠올린 게 아니라

직접 겪어서 알고 있는 것이기 때문에 더욱 자신이 있습니다. "

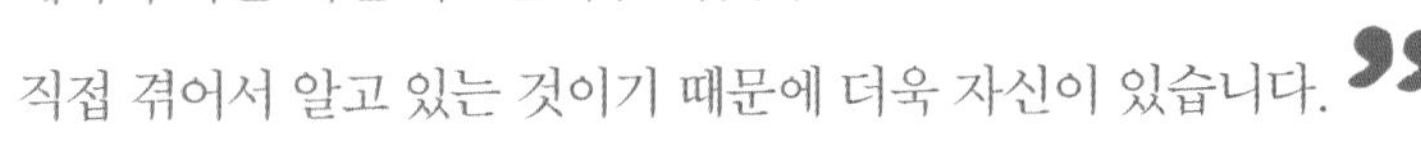

우리 아파트 7층 베란다에서 할머니가 떨어져서 돌아가셨습니다. 실수로 떨어지신 게 아니라 일부러 떨어지셨다니까, 할머니는 자살을 하신 것입니다. 이런 일이 벌써 두 번째입니다. 그것을 제일 먼저 발견한 할머니의 며느리가 놀라서 소리를 지르자, 아파트에 사는 사람들이 모두 베란다로 뛰어나갔습니다. 나도 뛰어나갔습니다. 다만, 엄마가 뒤에서 내 눈을 가렸기 때문에 7층에서 떨어진 할머니가 어떻게 망가졌는지 보지는 못했습니다.

엄마는 내 눈을 가려 주면서 떨리는 목소리로 말했습니다.

"오오, 끔찍한 일이다."

다른 어른들도 "끔찍한 일이야. 오오, 끔찍한 일이야" 하면서 아이들의 눈을 가려서 얼른 안으로 데리고 들어갔습니다.

우리 궁전 아파트는 살기가 편하고, 시설이 고급이고, 환경이 아름답기로 이름이 난 아파트입니다. 우리나라에서 나는 물건은 물론, 외국에서 들어온 물건까지 없는 것 없이 갖추어 놓은 슈퍼마켓도 있고, 어린이를 위한 널찍한 놀이터도 있고, 아름다운 공원도 있고, 노인들을 위한 정자도 있고, 사람의

힘으로 만든 푸른 연못도 있습니다.

누가 "너, 어디 사냐?" 하고 물었을 때, 궁전 아파트에 산다고 하면, 물은 사람의 얼굴에 부러워하는 빛이 역력해집니다•. 그리고 한숨을 쉬며 말합니다.

"참 좋겠다. 우린 언제 그런 데 살아 보누."

그러니까 궁전 아파트에 살지 않는 사람들은 궁전 아파트에 사는 사람이 행복하다는 걸 아무도 의심하지 않나 봅니다. 그렇게 믿고 있는 사람들을 실망시키지 않기 위해서도 궁전 아파트에 사는 사람들은 모두모두 행복할 수밖에 없습니다.

그런데 이게 웬일입니까? 벌써 두 사람이나 살기가 싫어서 스스로 목숨을 끊었습니다. 얼마나 사는 게 행복하지 않으면 목숨을 끊고 싶어지나 궁전 아파트 사람들은 상상도 할 수 없습니다. 궁전 아파트 사람들이 생각할 수 있는 건 앞으로 이런 일이 다시는 일어나선 안 된다는 겁니다. 이런 일이 자꾸 일어나 소문이 퍼져 보십시오. 사람들은 궁전 아파트 사람들의 행복이 가짜일 거라고 의심할지도 모릅니다. 그렇게 되면 큰일입니다. 그런 생각만으로도 궁전 아파트 사람들은 금방 불행해지고 맙니다.

궁전 아파트 사람들이 여태껏 행복했던 것은 다른 사람들

역력하다 … 자취나 기미, 기억 따위가 환히 알 수 있게 또렷하다.

이 그렇게 알아주었기 때문이니까요. 그것은 마치 엄마를 행복하게 하는 이유가 엄마의 보석 반지가 아름다워서가 아니라, 그 보석이 진짜라는 보석 장수의 보증● 때문인 것과 같은 이치입니다.

여태껏 굳게 믿고 있던 행복이 흔들리자, 궁전 아파트 사람들은 불안을 견디다 못해 회의를 하기로 했습니다. 모이는 장소는 70평짜리 아파트 두 채를 터서 쓰는 사장님 댁으로 정했습니다.

넓은 사장님 댁은 벌써 사람들로 꽉 들어차 있었습니다. 반상회날보다 더 많은 사람들이 모여들었습니다. 반상회날은 더러 아이들도 섞여 있었는데, 오늘은 아이들이 한 명도 안 보입니다. 어른들만 모여 있으니까 회의의 분위기가 한층 엄숙해지는 것 같았습니다.

엄마도 그제야 내가 따라간 게 창피한지 눈짓을 하며 나를 등 뒤로 숨기려 했습니다. 그러나 나는 엄마의 등 뒤에 숨을 수 있을 만큼 작은 아이가 아닙니다. 나는 모습을 보이고 싶고, 참견도 하고 싶었습니다. 다른 일이라면 모를까, 이번 일은 내가 꼭 참견을 해야 할 것 같았습니다.

왜냐하면, 나는 그 할머니가 왜 살고 싶어하지 않으셨는지

보증 … 어떤 사물이나 사람에 대하여 책임지고 틀림이 없음을 증명함.

알고 있기 때문입니다. 생전의 그 할머니와 만나 본 적은 없지만, 그것만은 자신 있게 알고 있었습니다.

"에에또, 이렇게 여러 귀빈들을 한자리에 모시게 되어서 영광입니다. 오늘은 저희 집에 모신 만큼 제가 임시 회장이 돼서 이 회의를 진행하겠습니다. 아참, 회장이 있으려면 회 이름도 있어야겠군요. 명함에 넣으려면 '무슨 무슨 회' 회장이라고 해야지 그냥 회장이라고 할 순 없지 않습니까? 안 그렇습니까, 여러분?"

"옳습니다."

여러 사람이 찬성을 했습니다.

"'서로 돕기회'가 어떻습니까?"

어떤 젊은 아저씨가 말했습니다.

"안 됩니다, 그건. 서로 돕다니요? 우리가 뭐가 부족해서 서로 돕습니까? 이웃 돕기는 가난하고 불쌍한 사람들끼리 하는 겁니다."

"옳소, 옳소."

여러 사람이 찬성했기 때문에 '서로 돕기회'는 부결이 됐습니다.

"그, 그렇지만 우리가 여기 이렇게 모인 건 서로 돕기 위해서가 아닙니까?"

'서로 돕기회'를 주장한 아저씨가 외롭게 말했습니다.

"아닙니다. 이번 사고를 수습할 대책을 마련하려고 모인 겁니다."

"아, 됐습니다. 바로 그겁니다. 수습 대책 협의회가 좋겠군요. '궁전 아파트 사고 수습 대책 협의회'……. 적당히 어렵고 적당히 길고, 그걸로 정할까요?"

"사장님, 아니 회장님, 그럼 그 명의로 명함을 만드실 건가요?"

"그럼은요. 썩 마음에 드는 명칭입니다. 안 그렇습니까?"

박완서

박완서는 1931년 경기도 개풍에서 태어나 서울대 국문과에 입학했으나 6·25 전쟁이 일어나 학교를 그만두었어요. 한때 집안 생계를 위해서 미군 부대에서 일하기도 했어요. 이때 화가 박수근을 알게 되었고 그의 그림에 큰 감명을 받았다고 해요. 40세의 늦은 나이에 글을 쓰기 시작해 우리 문학을 대표하는 작가로 100여 편의 작품을 남겼어요. 그리고 2011년 지병으로 투병하다가 세상을 떠났어요. 다른 작품으로는 『엄마의 말뚝』, 『너무도 쓸쓸한 당신』 등이 있어요.

"안 그렇습니다. 그건 마치 우리 궁전 아파트가 사고만 나는 아파트란 인상을 퍼뜨리는 것과 같습니다. 아파트값이 뚝 떨어질지도 모릅니다."

아파트값이 떨어질지도 모른다는 소리에 여러 사람들이 일제히 와글와글 들고일어나 그 의견도 부결이 됐습니다.

"여러분, 지금 급한 건 회의 이름 짓기가 아닙니다. 어떡하면 그런 사고가 다시는 안 일어나게 하는가 하는 겁니다. 이번이 벌써 두 번째입니다. 이 소문이 퍼져 보십시오. 제일 먼저 영향을 받는 건 우리 아파트값일 겁니다. 아마 한 번만 더 사고가 나면 우리 아파트값은 당장 똥값이 될 걸요."

회 이름을 '서로 돕기회'로 하자던 아저씨가 이렇게 말하자, 장내•는 조용해지고 사람들의 얼굴은 사색이 됐습니다.

"여러분, 우리 아파트값을 똥값으로 만들지 않기 위해 머리를 짭시다. 좋은 의견이 있으신 분은 편한 마음으로 말씀해 주십시오."

"젊은 사람, 그것은 회장의 권한입니다. 좋은 의견이 있으신 분은 말씀해 주십시오."

회장이 젊은 아저씨로부터 말끝을 빼앗았습니다.

"저요, 저요."

나는 학교에서 선생님한테 나를 시켜 달라고 조를 때처럼 손을 들고 벌떡 일어서려 했습니다. 그런데 엄마가 나를 붙잡았습니다.

"아니, 여기가 어딘 줄 알고 네가 나서려고 해? 아이 창피해."

장내 … 어떠한 곳이나 일정한 구역의 안.

엄마의 얼굴이 홍당무가 됩니다.

"아니, 여기가 어디라고 아이를 끌고 다녀? 쯧쯧."

사람들이 수군대는 소리도 들립니다. 엄마는 얼굴이 더 빨개지면서 어쩔 줄을 모릅니다.

"제가 한마디 하겠습니다."

뚱뚱한 아줌마가 엄숙한 얼굴로 말을 시작했습니다.

"나도 조금 전까지만 해도 지금처럼 심각하진 않았습니다. 우리 집엔 노인네가 안 계시니까요. 그러나 지금은 누구 못지않게 심각합니다. 다들 그래야 됩니다. 노인네들 지키는 것은 노인네를 모신 집만의 골칫거리지만 최고의 아파트값을 지키는 것은 우리 모두의 일입니다. 아시겠어요?"

장내가 물을 끼얹은 듯 조용해졌습니다.

"제일 처음 우리가 할 일은 절대로 이번 사고를 입 밖에 내지 않는 겁니다. 소문만 안 나면 그런 일은 없었던 거나 마찬가집니다. 다음은 그런 일이 다시는 안 일어나게 하는 겁니다. 감쪽같이 감추는 것도 한두 번이지, 자주 계속되면 소문이 안 날 수가 없게 됩니다. 왜냐하면, 이사 가는 사람이 생기거든요. 나부터도 그런 사고가 한 번만 더 나면 아파트값이 뚝 떨어지기 전에 제일 먼저 팔고 이사를 갈 테니까요. 이사

만 가 보세요. 뭐가 무서워 소문을 안 냅니까? 아시겠죠? 소문을 안 내는 것보다는 그런 사고가 또다시 안 일어나게 하는 게 더 중요한 까닭을…….”

모두들 말없이 고개만 끄덕였습니다. 뚱뚱한 여자는 더욱 의기양양해서 연설을 계속했습니다.

“그래서 제가 연구한 사고 방지책을 지금부터 말씀드리겠어요. 조용히 하세요, 조용히……. 우리 아파트 베란다는 너무 허술해요. 노인네가 아니더라도 아이들이 장난치다 떨어지지 말란 법도 없잖아요?”

“아유, 끔찍해라.”

엄마가 나를 꼭 껴안았습니다. 딴 엄마들도 아이들도 떨어질 수 있다는 새로운 근심에 안절부절못합니다. 아이들한테만 집을 맡기고 온 엄마는 뒤로 몰래 빠져나갈 눈치를 보이기도 합니다.

“그래서 베란다에다 일제히 쇠창살을 달면 어떨까 하는 의견을 말씀드리는 겁니다. 바람은 통하되 사람은 빠져나갈 수 없는 쇠창살을 말입니다.”

“옳소, 옳소.”

“옳은 말씀이에요. 왜 진작 그 생각을 못 했을까? 인제부터

발 뻗고 자게 됐지 뭐예요?"

모든 사람들의 얼굴에서 근심이 걷히면서 뚱뚱한 여자의 의견에 대한 칭찬의 소리가 자자했습니다.

"옳은 일은 서두르는 게 좋아요. 곧 쇠창살을 해 달도록 합시다. 회장의 권한으로 명령합니다."

회장님이 주먹으로 탁탁 탁자를 치면서 말했습니다.

"쇠창살 주문은 내가 받겠어요. 우리 애기 아빠가 쇠붙이 회사 사장이니까요. 누구보다도 값싸게, 누구보다도 빨리 해 드릴 수가 있어요. 품질은 보장하겠느냐고요? 여부가 있나요."

뚱뚱한 여자가 신이 나서 소리쳤습니다. 사람들은 서로 먼저 쇠창살 신청을 하려고 밀치고 아우성이었습니다.

"여러분, 침착하세요. 이럴 때일수록 흥분을 가라앉히고 이성을 되찾아 침착하게 생각해야 합니다. 과연 쇠창살이 가장 좋은 방법일까요?"

화가 박수근

강원도 양구에서 태어난 박수근은 독학으로 미술을 공부하여 1932년 조선미술전람회에 입선하여 본격적인 화가의 길을 걷기 시작했어요. 그는 잿빛을 띤 흰색을 주로 사용하여 생활 주변의 풍정을 굵은 선으로 소박하게 그려 우리 서민의 정서를 잘 표현하였어요. 대표작으로는 〈빨래터〉, 〈아기 업은 소녀〉 등이 있고 박수근과 그의 작품 〈나목〉은 박완서의 장편 소설 『나목』의 모델이자 주요 소재가 되기도 했어요.

젊은 아저씨가 아우성치는 사람들을 향해 팔을 휘두르며 외쳤습니다. 사람들은 젊은 아저씨의 다음 말을 기다리느라 잠깐 조용히 하였습니다. 그때 나는 내가 다시 나서야 할 것처럼 느꼈습니다.

나는 알고 있기 때문입니다. 베란다에서 떨어져 그만 살고 싶은 마음을 돌이킬 수 있는 건 쇠창살이 아니라 민들레꽃이라는 걸 나만이 알고 있기 때문입니다. 게다가 나는 이걸 어른들처럼 머릿속으로만 떠올린 게 아니라 직접 겪어서 알고 있는 것이기 때문에 더욱 자신이 있습니다.

'베란다에 있어야 할 것은 쇠창살이 아니라 민들레꽃이에요. 정말이에요.'

그 소리를 높이 외치고 싶어 목구멍이 간질간질하고 가슴이 두근댑니다. 오줌을 쌀 것처럼 아랫도리가 뿌듯하기도 합니다. 나는 참을 수가 없어서 몸부림치면서 엄마의 품을 벗어나려고 했습니다.

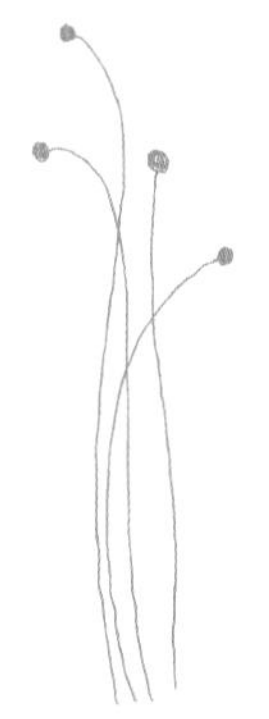

"얘가, 누구 망신을 시키려고 또 이러지?"

엄마는 입속으로 중얼대면서 쇠사슬처럼 꽁꽁 나를 껴안았습니다. 젊은 아저씨가 말을 계속했습니다.

"여러분, 우리 아파트가 가장 값이 비싼 것은 내부의 시설과 부대시설이 잘된 때문만은 아니란 걸 알아야 합니다. 우리 아파트는 겉모양이 아름답기로도 소문난 아파트입니다. 지나가던 사람도 우리 아파트를 보면 금방 한번 살아 보고 싶은 생각이 들 만큼 아름다운 겉모양을 하고 있습니다. 옛 궁전이나 성을 연상하고, 그 속에 들어가 살면 왕족이나 귀족이 될 것 같은 희망이 생기기도 합니다. 그런 아파트의 베란다마다 쇠창살을 달아 보세요. 사람들이 뭘 연상하겠습니까?"

"감옥이요, 감옥."

"세상에 끔찍해라. 감옥이라니……."

"아파트값이 똥값이 되고 말 거예요."

"나라면 거저 줘도 안 살 거예요."

이렇게 베란다에 쇠창살을 달자는 의견은 흐지부지되고 말았습니다.

"제 생각으로는……."

노 교수님이 천천히 입을 열었습니다. 사람들의 눈길이 노 교수님의 우물대는 입가로 모였습니다.

"제 생각으로는 할머니가 두 분씩이나 왜 갑자기 살고 싶지 않아졌나, 우리가 그걸 먼저 알아야 한다고 생각합니다. 중요한 건 그분들이 목숨을 끊고 싶어 끊었지 베란다가 있기 때문에 끊은 건 아니라는 겁니다. 목숨을 꼭 끊고 싶으면 베란다가 아니라도 끊을 데는 얼마든지 있습니다."

"옳소, 옳소."

젊은 아저씨가 눈을 빛내면서 큰 소리로 동의했습니다.

"그분이 왜 목숨을 끊고 싶었을지에 대해 아는 대로 대답해 주십시오. 먼저, 돌아가신 할머님의 따님과 며느님."

교수님은 교수님답게 대답을 기다리지 않고 지적을 합니다.

지난번에 돌아가신 할머니는 따님하고 같이 사셨고, 이번에 돌아가신 할머니는 아드님하고 같이 사셨답니다. 두 할머니의 딸과 며느리는 고개를 숙이고 눈물을 닦을 뿐 대답을 못 합니다.

"무엇을 부족하게 해 드리지 않았습니까?"

교수님은 울고 있는 아주머니들을 똑바로 바라보면서 따지듯이 말했습니다.

"아니요, 그런 일 없었습니다. 저희 어머니의 방 냉장고는 늘 어머니께서 즐기시는 음식으로 가득 채워져 있었고, 옷장엔 사시장철• 충분히 갈아입을 수 있는 비단옷으로 가득 차 있었습니다. 어머니께서 돌아가신 후 그걸 다 양로원에 기부했는데, 열 사람의 노인네가 돌아가실 때까지 입을 수 있을

사시장철 … 사철 중 어느 때나 늘.

거라고 했습니다. 필요하시다면 그분들을 증인으로 부를 수도 있습니다."

"아, 알겠습니다. 이번엔 며느님에게 변명할 기회를 드리겠습니다."

"저도 마찬가지입니다. 지금도 그분의 방에 그대로 보존돼 있습니다만, 부족한 건 아무것도 없습니다. 제 방과 똑같은 크기의 방에, 제 방에 있는 건 그분의 방에도 다 있습니다. 그분이 한 번도 듣지 않는 전축이나 녹음기도 제 방에 있는 것이기 때문에 그분 방에도 들여놓았습니다. 그랬건만 그분은 늘 불만이셨습니다."

"바로 그겁니다. 그걸 말씀해 주셔야 합니다."

교수님이 마침내 유도 신문에 성공한 형사처럼 좋아하며 그 아주머니 앞으로 한 발 다가갔습니다.

"그분은 손자를 업어서 기르고 싶어 하셨어요."

"그건 안 되죠. 안짱다리가 되니까."

"그분은 바느질을 좋아해서 뭐든지 깁고 싶어 하셨어요. 특히 버선을 깁고 싶어 하셨죠."

"점점 더 어렵군요. 요새 버선이라니? 더군다나 기워서 신는 버선을 어디 가서 구하겠소?"

"그분은 또 흙에다 뭘 심고, 거름을 주고, 김을 매고 싶어 하셨어요. 그분은 시골에 자란 분이거든요."

"참으로 참으로 어려운 분이셨군요."

교수님이 낙담을 합니다. 이때 젊은 아저씨가 또 나섭니다.

"이제야 알겠습니다. 그분은 고향이 그리워서 돌아가셨군요."

"저희 어머니는 이 도시가 고향인데도 베란다에 떨어지셨어요."

먼저, 돌아가신 할머니의 딸이 젊은 아저씨에게 말했습니다.

"고향이 시골이 아니어도 마찬가질 겁니다. 도시에서도 사람 살아가는 모습이 예전보다 너무 많이 달라졌으니까요. 노인들은 예전의 사람 사는 모습이 그리워서 더 이상 살고 싶지가 않았을 겁니다. 그렇지만 제아무리 효자라도 세월을 거꾸로 흐르게 할 수는 없습니다. 이렇게 문명화된 세상에 돈 가지고 안 되는 일이 아직도 남아 있다는 건 참으로 통탄한 일입니다."

젊은 아저씨가 이렇게 결론을 내리자 장내가 숙연해졌습니다.

나는 이번에야말로 내가 나설 차례라고 생각했습니다. 다시 목구멍이 간질간질하고 가슴이 울렁거리고 오줌이 마려웠습니다. 나는 베란다에서 떨어져 목숨을 끊고 싶은 생각을 맨 마지막으로 막아 줄 수 있는 게 쇠창살이 아니라 민들레꽃이라는 걸 알고 있습니다. 마찬가지로, 할머니가 살고 싶지 않아진 게 세월을 거꾸로 흐르게 할 수 없었기 때문이 아니란 것도 알고 있습니다. 둘 다 상상이나 남에게 들어서 알고 있는 게 아니라, 스스로 겪어서 알고 있는 것이기 때문에 확실합니다. 나는 어른이 되려면 아직 멀었는데도 살고 싶지 않았던 적이 있습니다. 정말입니다.

나는 이것을 말하고 싶어서 쇠사슬처럼 단단하게 나를 껴안은 엄마의 팔에서 드디어 벗어났습니다. 그리고 회장석 앞으로 나가려고 했습니다. 꼭꼭 끼어 앉은 어른들을 헤치려니 어떤 아저씨는 어깨를 짚었다고 눈을 부라리고, 어떤 아줌마는 발가락을 밟았다고 비명을 지릅니다. 그러건 말건 나는 반장도 모르는 어려운 문제의 답을 나만이 알고 있을 때처럼 의기양양 신이 나서 사람들을 마구 밀치고 드디어 앞으로 나섰습니다.

그러나 내가 미처 입도 떼기도 전에 회장이 탁자를 탁 치며

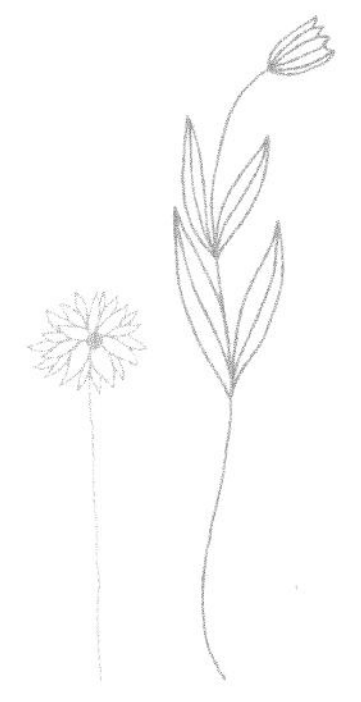

호령을 했습니다.

"누굽니까? 도대체 누굽니까? 이런 중대한 모임에 어린이를 데리고 온 분이 누굽니까?"

"죄송합니다. 미안합니다. 애가 막내라 버릇이 없어서……."

어느 틈에 엄마가 따라 나와 나를 치마폭에 싸면서 어쩔 줄을 모릅니다.

"그 아이를 데리고 먼저 퇴장할 것을 회장의 권한으로 허락합니다. 여러분 이의•가 없으시겠죠?"

회장이 말했습니다. 모두 이의가 없다면서 엄마와 나의 퇴장을 찬성했습니다.

"이 회의에서 앞으로 결정된 일은 서면으로 통지할 테니 빨리 그 애를 데리고 돌아가시오."

"저도요, 저도요."

딴 엄마들도 회장한테 퇴장할 것을 허락받고자 손을 들었습니다. 이유는, 집에 놓고 온 아이가 베란다에서 떨어질까 봐 불안해서 더 이상 회의만 지켜볼 수 없다는 거였습니다. 회장은 그런 엄마들에게도 퇴장을 허락했습니다.

이의 … 다른 의견이나 의사.

엄마와 나를 선두로 하여 여러 엄마들이 회의장을 물러났습

니다. 집에 돌아온 나는 엄마에게 호된 꾸지람을 들었습니다.

나는 꾸지람을 들은 것보다 내가 알고 있는 걸 발표하지 못한 것이 억울하고 슬펐습니다. 내가 알고 있는 걸 어른들이 귀담아들어 주었더라면 베란다에서 사람이 떨어져 죽는 일을 미리 막는 데 적지 않은 도움이 되었을 겁니다.

내가 지금보다 더 어렸을 적입니다. 학교에도 가기 전이었으니까요. 어느 날, 누나와 형이 학교에서 만든 꽃을 한 송이씩 들고 왔습니다. 내일은 어버이날이라나요. 누나와 형은 또 조그만 선물 꾸러미도 마련해 놓고 있었습니다. 내일 아침 꽃과 함께 엄마 아빠께 드릴 거라고 했습니다.

그날 밤, 나도 꽃을 만들었습니다. 누나가 쓰던 색종이를 오려서 만든 꽃은 보기에는 누나나 형 것만 훨씬 못해 보였습니다. 그러나 정성을 들여 만든 것이기 때문에 엄마 아빠가 신통해하실 것으로 믿고 가슴이 잔뜩 부풀어 있었습니다. 선

소설의 주제 표현 방법

모든 글과 마찬가지로 각 소설은 저마다 독자에게 하고 싶은 말을 갖고 있어요. 다시 말하면, 작자가 소설에서 나타내고자 하는 생각과 사상이 있다는 거예요. 이것을 '주제'라고 해요. 소설에서 주제를 표현하는 데는 작자가 소설의 서술자가 되어 알려 주기도 하고, 등장인물들의 대화를 통해 나타내기도 해요. 그보다 간접적으로 주제를 표현하기 위해서는 등장인물들이 갈등을 겪어 해결해 가는 과정을 통해 보여 주거나 상징에 의해 나타내기도 해요. 「옥상의 민들레꽃」은 서술자인 '나'의 어린 눈을 통해 간접적으로 알려 주고 있어요.

물은 장만하지 않았습니다. 나는 학교에도 들어가기 전이라 용돈이 없으니까 그걸로 엄마 아빠가 섭섭해할 리는 없었습니다.

어버이날 아침이 됐습니다. 아침상에서 누나가 먼저 선물과 꽃을 아빠 앞에 내어놓았습니다. 아빠는 누나에게 뽀뽀하고 선물을 끌렀습니다. 넥타이핀이 나왔습니다. 아빠는 입이 귀에까지 닿게 크게 웃으시면서 그 자리에서 넥타이핀을 넥타이에 꽂고, 꽃은 양복 깃에 달았습니다. 아빠의 얼굴이 예식장의 신랑처럼 행복해 보였습니다.

다음엔 형이 꽃과 선물을 엄마한테 드렸습니다. 엄마가 형한테 뽀뽀하고 선물을 끌렀습니다. 오색찬란한 브로치가 나왔습니다. 엄마는 좋아하시더니 브로치를 블라우스에 달고, 꽃을 단춧구멍에 끼우셨습니다.

다음은 내 꽃을 드릴 차례입니다. 그러나 형과 누나는 내 차례는 주지도 않고 어버이날 노래를 부르기 시작했습니다. 나는 그 노래를 모르기 때문에 따라하지 못했습니다.

형과 누나의 노래를 들으며 부끄러워하고 좋아하시는 엄마 아빠의 모습이 꼭 신랑 신부처럼 고와 보였습니다. 나는 엄마 아빠가 아무쪼록 오래오래 아름답고 젊기를 마음속으로 바랐

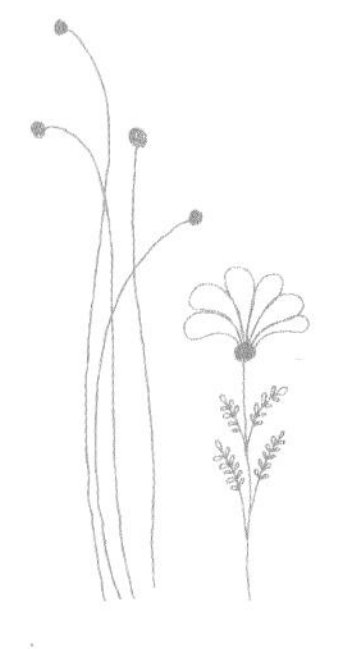

습니다. 그런 바람을 전하는 마음으로 조용히 나의 꽃을 엄마와 아빠의 사이에 놓았습니다. '꽃을 두 송이 준비할 걸' 하고 후회도 했습니다만, 어느 분이 가져도 상관없다고 생각했습니다. 두 분이 함께 쓰는 물건이 한두 가지가 아니기 때문입니다. 두 분께 꽃을 드리고 나자, 나는 뽐내고 싶은 마음보다는 부끄러운 마음이 더해서 고개를 숙이고 아침도 먹는 둥 마는 둥 했습니다.

누나와 형은 학교에 갔습니다. 아빠는 꽃을 단 채 출근했습니다. 엄마도 꽃을 단 채 노래를 부르면서 집안일을 했습니다. 나는 놀이터에 나가 놀았습니다.

놀이에 싫증도 나고 배도 고프기도 해 집에 들어와 냉장고를 열려다가 나는 내 꽃을 보았습니다. 내 꽃은 식당 구석에 있는 쓰레기통 속에 과일 껍질과 밥찌꺼기와 함께 버려져 있었습니다.

그때 엄마는 거실에서 전화를 걸고 있었습니다. 오래간만에 소식을 알게 된 친구로부터 온 전화인가 봅니다. 아이는 몇이나 되나 친구가 물어본 모양입니다. 엄마는 한숨을 쉬면서 대답했습니다.

"글쎄 셋이란다. 창피해 죽겠지 뭐니? 우리 동창이나 우리

아파트에 사는 사람들을 아무리 살펴봐도 하나 아니면 둘이지 셋씩 낳은 사람은 하나도 없더구나. 창피해서 얼굴을 들고 다닐 수가 없단다. 어쩌다 막내를 하나 더 낳아 가지고 이 고생인지, 막내만 아니면 지금쯤 얼마나 홀가분하겠니? 막내만 아니면 남부러울 게 뭐가 있니?"

그때 나는 처음으로 엄마에게 내가 필요하지 않다는 것을 알았습니다. 나에겐 나의 가족이 필요한데 나의 가족은 나를 필요로 하지 않는다는 건 나에게 견디기 어려운 슬픔이었습니다.

엄마는 늘 나를 '막내, 우리 귀여운 막내' 하면서 사랑해 주셨기 때문에, 나는 한 번도 엄마가 나를 사랑한다는 걸 의심해 본 적이 없었습니다. 그러나 엄마의 사랑은 거짓이었습니다. 나는 엄마를 진짜로 사랑했는데 엄마는 나를 거짓으로 사랑했던 것입니다.

나는 말없이 집을 나왔습니다. 계단을 오르고 또 올랐습니다. 마침내 옥상까지 올랐습니다. 옥상에서 내려다보니까 사람들이 개미처럼 작게 보였습니다. 나는 살고 싶지 않다고 생각했습니다. 정말 그랬습니다. 내가 사랑하는 사람들이 내가 없어져 줬으면 하고 바라고 있는데, 내가 무슨 재미로 살아가

겠습니까?

나는 옥상에서 떨어지기 위해 밤이 되길 기다렸습니다. 낮에 떨어지면 사람들이 금방 보게 되고, 병원에 데리고 가서 살려 놓을지도 모르기 때문입니다. 나는 정말로 살고 싶지 않았기 때문에 밤까지 기다려야 했습니다.

밤을 기다리는 동안 춥지도 않았고 배고프지도 않았습니다. 아파트 광장에 차와 사람의 움직임이 멎자 둥근 달이 하늘 한가운데 와서 옥상을 대낮 같이 비춰 주었습니다. 마치 세상에 달하고 나하고만 있는 것 같은 기분이 들었습니다. 그때 나는 민들레꽃을 보았습니다. 옥상은 시멘트로 빤빤하게 발라 놓아 흙이라곤 없습니다. 그런데도 한 송이의 민들레꽃이 노랗게 피어 있었습니다. 봄에 엄마 아빠와 함께 야외로 소풍 가서 본 민들레꽃이었습니다.

나는 하도 이상해서 톱니 같은 이파리를 들치고 밑동을 살펴보았습니다. 옥상의 시멘트 바닥이 조금 파인 곳에 한 숟갈도 안 되게 흙이 조금 모여 있었습니다. 그건 어쩌면 흙이 아니라 먼지일지도 모릅니다. 하늘을 날던 먼지가 축축한 날, 몸이 무거워 옥상에 내려앉았다가 비를 맞고 떠내려가면서 그곳이 움푹하여 모이게 된 것입니다. 그 먼지 중에 민들

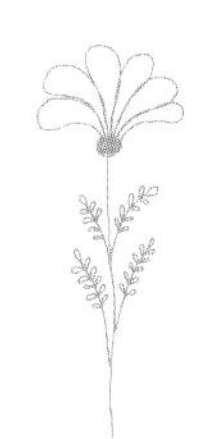

레 씨앗이 있었나 봅니다. 싹이 나고 잎이 돋고 꽃이 피기에는 너무 적은 흙이어서 잎은 시들시들하고 꽃은 작은 단추만 했습니다. 그러나 흙을 찾아 공중을 날던 수많은 민들레 씨앗 중에서 그래도 뿌리내릴 수 있는 한 줌의 흙을 만난 게 고맙다는 듯이 꽃은 샛노랗게 피어서 달빛 속에서 곱게 웃고 있었습니다.

도시로 부는 사람을 탄 민들레 씨앗들은 모두 시멘트로 포장된 딱딱한 땅을 만나 싹을 틔우지도 못하고 죽어 버렸으련만, 단 하나의 민들레 씨앗은 옹색하나마 흙을 만난 것입니다. 흙이랄 것도 없는 한 줌의 먼지에 허겁지겁 뿌리를 내리고, 눈물겹도록 노랗게 핀 민들레꽃을 보자 나는 갑자기 부끄러운 생각이 들었습니다. 살고 싶지 않아 하던 것이 큰 잘못 같이 생각되었습니다.

나는 집으로 돌아왔습니다. 온 가족이 나를 찾아 헤매다 돌아와서 슬피 울고 있었습니다. 엄마는 나를 껴안고 엉엉 울면서 말했습니다.

"아무 일도 없었구나, 막내야. 만일 너에게 무슨 일이 있으면 나도 더 살지 않으려고 했다."

엄마는 내가 무사히 돌아온 것만 반가워서, 말없이 집을 나

간 잘못에 대해선 나무라지도 않았습니다. 나 역시 엄마의 잘못에 대해서 말하지 않았습니다. 엄마가 나를 사랑하고 나를 필요로 한다는 것을 안 것만으로 충분했습니다. 그 일도 그렇게 끝났습니다.

그러나 그 일을 통해서 사람은 언제 살고 싶지 않아지나를 알게 된 것입니다. 사람은 사랑하는 사람이 자기를 없어져 줬으면 할 때에 살고 싶지가 않아집니다. 돌아가신 할머니의 가족들도 말이나 눈치로 할머니가 안 계셨으면 하고 바랐을 것이 틀림없습니다.

그리고 살고 싶지 않아 베란다나 옥상에서 떨어지려고 할 때에 그것을 막아 주는 건 쇠창살이 아니라 민들레꽃이라는 것도 틀림없습니다. 그것도 내가 겪어서 알고 있는 일이니까요.

그러나 어른들은 끝내 나에게 그 말을 할 기회를 안 주었습니다.

「옥상의 민들레꽃」

1980년 〈실천문학〉에 발표된 단편 소설인 「옥상의 민들레꽃」은 어린아이의 눈으로 현대인의 모습을 바라보는 작품이에요. '궁전 아파트'에 사는 사람들은 말하자면 이기주의와 돈을 무엇보다 중요하게 생각하는 현대인들의 대표격이라고 할 수 있어요. 이들은 할머니의 자살로 모여 회의를 하는데, 이때 순수한 어린아이인 '나'는 그 모습을 은연중에 비판하게 돼요. 여기에서 작가가 이 작품에서 무엇을 말하고자 했는지 보여 주고 있어요. 그것은 바로, 사람들 사이에 정이 없어져 가고, 물질 만능주의에 젖어 있는 사회에서 중요한 것은 인간적인 가치와 정을 회복하는 거예요.

공부의 즐거움을 깨치는

〈공부가 되는〉 시리즈!

공부가 되는 세계 명화

글공작소 글 | 18,000원

공부가 되는 한국 명화

글공작소 글 | 18,000원

공부가 되는 그리스로마 신화

글공작소 글 | 12,000원

공부가 되는 별자리 이야기

글공작소 글 | 12,000원

공부가 되는 공룡 백과

글공작소 글 | 장은경 그림 | 13,000원

공부가 되는 탈무드 이야기

글공작소 엮음 | 12,000원

공부가 되는 삼국지

나관중 원작 | 장은경 그림 | 12,000원

공부가 되는 유럽 이야기

글공작소 글 | 14,000원

공부가 되는 조선왕조실록 1,2 (전2권)

글공작소 글 | 김정미 감수 | 각 13,000원

공부가 되는 저절로 영단어

다니엘 리 글 | 14,000원

공부가 되는 우리문화유산

글공작소 글 | 14,000원

공부가 되는 저절로 고사성어

글공작소 글 | 15,000원

공부가 되는 한국대표고전 1, 2 (전2권)

글공작소 글 | 각 13,000원

공부가 되는 셰익스피어 4대 비극·5대 희극 (전2권)

윌리엄 셰익스피어 원작 | **글공작소** 엮음 | 각 14,000원

공부가 되는 논어 이야기

공자 원작 | **글공작소** 엮음 | 14,000원

공부가 되는 식물도감

글공작소 엮음 | 37,000원

공부가 되는 경제 이야기 1,2 (전2권)

글공작소 글 | 각 13,000원

〈성격과 기질로 알아보는〉 시리즈

성격과 기질로 알아보는 어린이 직업백과

글공작소 글 | **김영석** 그림

17,000원

성격과 기질로 알아보는 롤모델 인물백과

글공작소 글 | **김영석** 그림

19,000원

아름다운사람들의 똑똑한 도서

아름다운 어른이 되는 생각 습관

다니엘 리 엮음

12,000원

엄마는 외계인

박지기 글 | **조형윤** 그림

8,500원